末等魂師
6 披荊斬棘向前走
銀千羽◎著 希月◎繪
Ⓟ皇冠文化集團 非賣品

# 末等魂師

## 6 披荊斬棘向前走

銀千羽—著

希月—繪

# 人物介紹

## 端木玖

身分：端木家族嫡系九小姐
年紀：美少女般的十五歲
特長：賺錢（打劫）和花錢（買東西）
出場印象：從傻子進化成一個既土豪
又敗家的奇葩美少女
新技能：動口不成，飛劍伺候

## 紅色小狐狸

身分：魔獸
年紀：不明
特長：被玖玖抱在懷裡睡覺
出場印象：疑似魔獸火狐狸的紅毛小狐狸
新技能：燒光想傷害玖玖的人

## 仲奎一

身分：西岩城武器店老闆
年紀：一百多歲
特長：煉器
出場印象：看守武器店的鬍子大叔
口頭禪：那個阿北家的小姑娘

## 樓烈

身分：疑似聲名赫赫的煉器師
年紀：不明
特長：吃魚、喝酒、教徒弟
出場印象：黑黑灰灰的浮屍一具
口頭禪：我不是壞人
（內心附註：是帥哥）

## 北御前

身分：玖父託付之人，來歷神秘
魂階：五星天魂師
武器：黑色長槍
出場印象：外表約三十歲的紫衣帥美男
口頭禪：不能把小玖養歪了

## 端木風

身分：端木世家嫡系六少爺，
也是本代子弟中第一天才
好友：夏侯駒
特長：護玖狂魔

## 端木傲

身分：端木家族嫡系四少爺
年紀：32歲
魂階：天魂師
新技能：妹控兄長實習中
出場印象：冷漠正直的男人
外型：黑髮黑眼的酷型帥青年，氣質沉穩

## 夏侯駒

身分：夏侯皇朝四皇子，天魂大陸十大天才之一
外型：沉默寡言的俊青年
個性：熱心開朗，有點悶騷
好友：端木風、端木傲
新技能：認識某少女後發現自己往吃貨發展

# 目錄

# 第五十六章　這真的是決賽？

陰星流下意識起身，姬雲飛及時拉住他，提醒道：「比賽還沒結束。」

不管他想做什麼，都不行！

可是……陰星流才一猶豫，再看向擂台，只見光芒漸褪，台上兩人的身影也顯現出來。

端木玖毫髮無傷，已經返身退回原來的位置，怡然而立。

「我猜得果然沒錯。」

「猜什麼？」陰星柔臉色不太好看。

白白浪費了一次機會。

「那個，應該是反擊型的魂器吧？可以把對方攻擊妳的招數與威力，瞬間反轉給對方。」而且，還不會傷到自己。

就不知道這魂器是幾星級，她的「流影」能不能打破它？

「哼！」陰星柔不承認，也不否認。

看穿又怎麼樣？

「迴逆」反擊的力量是無差別的，無論對誰都一樣。

她不怕端木玖出手攻擊，就怕她攻擊的力道太小。

那就一點也不好玩了。

「妳是不是在想，不怕我主動攻擊妳，就怕我攻擊妳時的威力不夠強悍，那妳就一點樂趣也沒有了？」小玖說道。

陰星柔心一虛。

「妳，胡說什麼！」

「沒關係呀，現在是決賽，不想打敗對手的，不是好參賽者。妳想看到我自己打自己，我還想看到妳五體投地撲下台呢！」她多誠實呀！

「噗……」才緊張了一下，姬雲飛又開始抱肚子了。

這決賽，絕對是他看過的，有史以來最好笑的決賽。

急急站起來的陰星流，默默又坐了回去。

他、好像擔心得太多餘了。

石昊奇怪地看了他一眼。

比賽的人不是他，台上的人打得再用力，也傷不到他們，不用緊張啊。

「妳！簡直胡說八道！」陰星柔語氣尖銳。

「妳！完全口是心非！」學她尖叫——好傷喉嚨。

陰星柔講不過，立刻出手攻擊。

端木玖側身避過，還順便打了她手臂一下。

「啊！」陰星柔低叫一聲。

「速度太慢，差評！」端木玖點評道。

陰星柔手肘一彎立刻變招，端木玖收勢一推一擋，就把陰星柔給推走兩、三步。

「下盤不穩，差評！」

陰星柔回身再攻。

「力道不足，差評！」

「威力太小，差評！」

「方向偏了，差評！」

「距離不對，差評！」

「左右不分，差評……」

每一次對招，就「差評」一次。

一時間，擂台上的聲音滿滿都是「差評、差評、差評、差評……」，聽得台下觀眾一陣傻眼。

這點評，比師父還嚴格啊！

眾人才感嘆著，突然又聽到一句——

「表情太醜，差評！」

「噗！」噴茶。

「……咳咳咳！」被水嗆到。

距離擂台最近的五人都忍不住一陣笑，連表情很冷的陰星流，臉上都出現淡淡的笑意。

表情很呆的石昊，則是有點目瞪口呆，然後低頭，繼續寫寫寫。

「比武中……還可以嫌棄對方表情太醜？」姬雲飛覺得今天，自己真的也是長見識了。

話說，大家你死我活的拚力氣拚魂力的時候，還可以表情美美的、宛如仙人嗎？不可能的吧！

不過，這句批評，絕對足以氣煞任何一個女子，尤其是，平常自認為美女的女人。

九小姐真是別人哪裡有痛、她就往哪裡戳啊！

「嗯。」石昊臉也不抬就點頭，把這句也記起來了。

「端木家的九小姐，感覺很有趣啊。」

「嗯。」

「不如，等比完了，我們去認識她一下。」

「嗯。」

「阿昊，給點別的回答好嗎？」

「喔。」

姬雲飛：「……」

這期間，台上比鬥仍然在繼續，陰星柔被氣得不斷攻擊，卻招招落空。這情況，看得坐在評審位置的陰月宇，搖了搖頭。

「怎麼了？」坐在他旁邊位置，傭兵公會代表正好看見他搖頭的動作，好奇地問道。

「沒什麼，小輩們太不爭氣而已。」陰月宇羽扇輕搖。

傭兵公會代表看著擂台上，完全被耍著玩的陰星柔。

「比武爭強，有輸就有贏，她很不錯了。」

雖然被耍著玩，但是個人賽能比到決賽，這已經是年輕一輩裡，全大陸數一數二的實力。

有這種後輩，怎麼著也該滿意了。

陰月宇只一笑。

如果要說「很不錯」，那也不是陰星柔，而是陰星流。

可惜，他沒有一個好的魂器、也沒有好的後盾，連契約的魔獸，都被算計成重傷，無法助戰。

「啊！」台上陰星柔突然痛叫一聲，踉蹌了好幾步才站穩。

「體力不好，差評！耐力太弱，差評！」端木玖一臉嫌棄地說道。

比武開始到現在不過半個時辰，竟然就已經氣喘吁吁了。好歹也是個天魂師吧，怎麼體力這麼不中用？

這要是放到戰場上，就是個炮灰的分兒。

「妳才體力不……好、耐力……太弱！」

「說句話都要大喘氣，如果我想殺妳，妳現在已經死了。」端木玖看著她，實話實說。

這實力竟然可以比到決賽，到底是她運氣太好，還是這屆的參賽者實力都不行？忍不住懷疑地瞄了台下那五個一眼。

台下的五人，在被瞄的那一刻同時莫名地挺了挺胸——不明白為什麼要挺胸，就是直覺。

陰星柔魂力一轉，氣不喘了，同時也冷靜下來，轉回過身，冷哼一句：「殺我？妳有這種本事嗎？端木玖，不要把我一時的失手，當成妳的實力。」

「妳這是『一時失手』？失手的時間會不會也太久了?!」端木玖一臉震驚地看著她。

姬雲飛、石昊、公孫憬、雷鈞、陰星流：「……」

說得好有道理，但怎麼聽起來就這麼令人想笑呢？

姬雲飛又抱肚子了，要忍著不笑出聲，肚子有點痛。

再看旁邊四個。很好，大家都差不多，只是努力在忍住，沒像他一樣抱肚子而已，所以他也不算太沒形象。

自我安慰完畢，姬雲飛卻聽見後方傳來聲音——聲音不大，但足夠讓附近百人聽到，然後再傳出去了。

「真的太久了。」北御前、仲奎一滿臉贊同。

小玖說得沒錯，這「一時失手」也太久了，對手如果有殺意，她早就死翹翹了。

「足夠被人殺至少十次。」端木傲接著說道。

「我們的小玖，心太軟了。」端木風嘆氣地搖搖頭。

「這點，該改。」秉持身為「奶爸」的責任，北御前表情嚴肅地又點點頭，決定等個人賽結束，要好好教育一下小玖。

關於應該怎麼對付敵人這件事，她要再多記一點。

「要好好教。」端木傲也一臉嚴肅地看著北御前。

「要好好教。」端木風跟著說道，一副「此一重責大任就託付於你」的慎重樣。

北御前：「……」

「你們兩個怎麼不自己教？」仲奎一好奇地問。

「妹妹，是需要疼的。」端木傲回道。

「太嚴肅會嚇到妹妹。」端木風也回道。

北叔叔就沒關係了。

小玖是他一手帶大的，小玖一定很習慣他嚴肅的表情，也會乖乖聽話。

萬一小玖被嚇到了、或是傷心了，也不用擔心，他們會馬上安慰妹妹的。

仲奎一：「……」這兩小子的表情，可以再直白一點。

不就是不想在小玖面前當壞人嘛！所以壞人叫阿北當。

但是這兩兄弟是不是太小看小玖了？

一個能被他師父看中、收為小徒弟，又一路闖端木家族、連禁地都沒放過、還平平安安回來的人，膽子會小、會害怕？

想太多了吧！

「我覺得，阿北不會兇小玖。」仲奎一摸了摸自己的下巴，說道。

不會嗎？

兩兄弟同時疑問的眼神——但是，下一秒端木風就想到了，表情變成「我怎麼那麼傻」的懊惱臉。

「的確不會。」

端木傲看著他。

「北叔叔一直陪著小玖，就連被驅出帝都，他也帶著小玖前往西岩城，在沒有家族庇蔭的時候，一個人護著小玖，也平平安安將小玖帶大了……」這世上若論誰最疼小玖，北叔叔絕對是其中之一。

端木傲沉默了一會兒。

「以後，我會照顧她。」

「四哥搶了我的話了。」端木風懶懶地說道。

「你不走了嗎？」端木傲問道。

「暫時不。」小玖在這裡，他會繼續留下。

端木傲繃著一張臉。

「各人照顧各人的。」

「可以。」

仲奎一覺得，這兩兄弟的對話聽起來真像是：我要買這隻寵物，你也要買這隻？

對。

那各買各的。

明明買的是同一隻，卻分別付錢，然後帶同一隻寵物一起回家，輪流或一起餵食。

……仲奎一被自己想像的畫面囧到了。

連忙搖搖頭，甩開畫面。

絕對不能被別人知道他把小師妹比喻為寵物，否則不說小師妹、師父，光是旁邊這三隻「護玖狂魔」，就足夠讓他趴下了。

這時候，擂台上。

陰星柔無意間看見評審看台上，陰月宇的目光，當下心中一凜，迅速冷靜下來，緩和心境，不再怒氣騰騰。

「看不起陰家的人，終究要付出慘痛的代價。」她緩緩說道。

端木玖一聽，頓時笑了。

「那真巧，通常想讓我付出代價的人，自己總會先學到教訓。」

兩人目光相對，空氣間驀然一凝。

陰星柔輕喝一聲：「小天！」

陰星柔身上魂力一凝，三星天魂師的魂師印浮現，一道流光同時自她身上飛出。

一隻站起來與成人同高、體態有成人五倍大的深灰色三尾貓隨即現身，長又膨的三尾一動，頓時擋住一方視線。

「三尾。」雷鈞正好看到這個。

「聖獸。」公孫憬判斷道。

「是她的契約獸，飛天貓。」陰星流不必細看就知道。

「竟然現在才出現?!」姬雲飛訝異。

不靠魔獸能晉到決賽，這被端木玖耍著玩的陰星柔，也不是全沒本事的呀！

「魂器。」石昊言簡意賅。

姬雲飛遲鈍兩秒鐘，才意會他的意思。

想到那個「一鏡迴逆」，突然同情地看了陰星流一眼。

「你們家重女輕男啊。」

陰星柔一身戰鎧，三星魂器。

陰星流這一身，不太靠譜的二星魂器。

陰星柔有聖獸。

那個能反射敵人招式的魂器，至少四星。

陰星流有什麼？

「你有魔獸嗎？」

「有。」

「那……」怎麼沒見牠出場？

「牠受傷了。」就在個人賽開始前三天。

「傷得很重？」公孫憬關心地問道。

「一個月後，應該能復原。」

「那就好。」公孫憬不再問了。

契約魔獸會在賽前受傷，這可能是巧合。

但出身世家，世家裡那點競爭和暗算，在座每個人都懂，不必多問，大概也能猜出狀況。

他們這一代的世家子弟，大多互相認識，只是熟或不熟、有沒有私交的差別而已。

以個人賽前八名為例。

因為父輩相熟，商會少主姬雲飛和煉器師公會會長兒子的石昊幾乎是從小一起長大，交情自然好。

公孫家一向處事中立、與人為善，公孫憬和其他人就算沒有私交，也有點頭之交。

雷鈞是傭兵公會會長的小兒子，個性爽朗、不拘小節，跟大多數人都相處得來。

歐陽明寬出身歐陽家，自視甚高。自大不是壞毛病，教人受不了的是他記仇又善妒，一般人很難跟他交情好。

陰星流和陰星柔，都是陰家主的兒女。

陰家主有很多兒女，其中最疼的就是陰星柔，因為她們母女的個性與行事作風，那真是一脈相承，所以她從小得到的各種修練資源，也是最好的——姬雲飛對她是敬而遠之。

相較之下，陰星流的待遇就比較讓人唏噓一點。

他的天賦與實力，可以說是陰家主眾兒女中最出色的，可惜是個男的。

陰家重女勝於男。

這就注定即使他再出色，也得不到母親兼家主的另眼相待。

至於父親……聽說人早已不在了，自然更沒有人能替他爭取什麼。

萬幸的是，陰星流雖然沉默、不擅與人相處，但個性正直、光明磊落，所以同一代的世家子弟對他的觀感並不差。

只是，這樣的人偏偏是陰家主的兒子，還是不怎麼受重視的兒子，有點可惜了。

最後，他們最不熟的，就是正在台上、首現實力的端木玖。

她五歲就被驅出帝都，十年後重回，可以說給了大家一個大驚嚇。在帝都大比個人賽中，力壓眾家子弟的九小姐，絕對是異軍突起。

「啊！」姬雲飛突然叫了一聲。

石昊抬起頭看他，其他人也望過來。

「我忘記下注了。」這麼重要的事，他竟然、忘、記、了！

「我有。」石昊說道。

陰星流默默點頭，他也有下。

同樣沒下注的公孫憬和雷鈞震驚地看他。

公孫憬好奇地問：「你什麼時候下的注？」他被陰星柔打下台後，根本沒離開過這裡。

「一開始就下了。」

「你沒下自己贏？」雷鈞也好奇。

陰星流沒回答，只是搖搖頭。

不能鎧化、沒有攻擊性魂器，單憑魂力，他破不了陰星柔的魂器。

「你一開始就看好端木玖，覺得她會贏？」姬雲飛更訝異。

「嗯。」陰星流點頭。

「為什麼？」

他會看好端木玖，是看到初賽，她一劍將其他對手統統揮下台的模樣，才對她有信心的。

「直覺。」

「……」很好、很強大的理由，姬雲飛完全無言以對。

但還有一個可以問。

他轉向石昊，語氣可沒那麼客氣了，直接問：「你又是什麼時候下的注？」

「拉肚子。」

聽到這三個字，姬雲飛英俊的臉忍不住扭曲了一下。

「你、怎麼、沒有、提醒、我？」說好的竹馬情呢？就一個人去賺賭金，良心不會痛嗎？

「你很忙。」在台上比賽。「我有幫你下注。」

「真的?!」姬雲飛表情一變。「下多少？」

「一百金。」

「……這麼少？」

「零錢。」

「……」這紙糊的竹馬情。

「有，總比沒有好。」雷鈞幽幽地說。

一百金，以端木玖的賠率來算，只要她贏，姬雲飛也賺了好大一筆錢。

這可是白得的，你好意思抱怨？

他忘記了可沒別人幫他下，所以待會兒連一點零花錢都得不到，他都還沒哀怨呢！

姬雲飛這一抱怨，不只雷鈞看他的眼神幽幽，連公孫憬都瞥了他好幾眼。

「呃……呵呵，呵呵。」姬雲飛呆笑。

這不是習慣了嗎？他的零花錢都沒這麼少啊，一時之間不適應嘛。

「扣一百。」石昊也看了他一眼，面無表情地說。

「別啊……阿昊，我們誰跟誰，這麼點小金子，你就不要跟我計較了。」姬雲飛連忙摟住他的肩，一副好兄弟樣。

看著平常風度翩翩、舉止有度的少年天才，現在努力陪笑陪小心，其他三人都忍不住笑。

這五個是自顧自講得很開心，但台上的氣氛，一直很肅殺。

在飛天貓出現的那一刻，魔獸的兇性和殺意直接透了出來。

感受到主人憤憤的心思，牠對著端木玖，直接兇狠地「喵呦……」，叫了一聲。

明明是貓叫，聽起來卻像獅吼一樣威猛，在場修為低一點的觀眾，頓時都有點耳鳴。

這讓一直默默待在端木玖肩上，瞇著眼養神的小狐狸很不高興，狐眼一睜！

喵啥喵?!太吵了！

飛天貓威武的氣勢突然一頓，只覺得一股壓力從四面八方壓迫而來。

牠受不住立刻收斂了氣勢，蹲坐在主人身邊，頭再不敢抬得高高的，而是微微低下來。

「小天，鎧化！」陰星柔下令。

「喵、喵呦！」飛天貓是很想服從命令，問題是，做不到啊！

牠現在，有一種無法動彈的感覺。

那像是無處不在的血脈壓迫，讓飛天貓很想一奔千萬里，離得遠遠的——偏偏牠腳軟了。

借助陰星柔的魂力支援，牠才沒有瑟瑟發抖，抖掉身為一隻聖獸該有的威風。

陰星柔臉色微變。

「為什麼不行？」她在識海裡問。

「主人，我、我被壓制住了。」

「被壓制？被什麼壓制？在哪裡？」

「不知道，只知道，很強、很強的威壓，我完全不敢亂看，只想逃，或者伏地……臣服……」

陰星柔一聽，立刻抬眼，迅速看向四周。

魔獸天生就依血脈純度分出等級高低，等級低者，面對血脈高等的，會有臣服的念頭、實力也會被壓制，無法完全發揮。

那是源自於血脈的本能。

可如果是壓制得連頭都不敢抬，這就表示血脈的差距相當大。

但是，小天是聖獸，就算是神獸也不可能讓小天害怕成這樣。

難道還有更高等的魔獸嗎？

如果有，為什麼其他人都沒反應？

端木玖肩上的小狐狸有讓她多看一秒，但隨即又轉開。

她的小天是聖獸，那隻火狐狸，頂多和小天同階，不可能給小天那麼大的壓制。

那麼，到底是什麼壓制了小天？在哪裡？

「好大隻的貓。」端木玖則一臉好奇地打量這隻——體型比人大五倍、頭不敢抬起來的貓。

這哪裡算大隻？

小狐狸深深覺得，他家小玖少見多怪。

「毛色看起來還不錯。」她評斷。

「這毛色叫不錯?!」小狐狸在她識海裡叫，非常嫌棄。

「跟你當然不能比，但以一般標準來說，可以了。」

經過夏侯凜、端木傲和北御前三個人各種方面的常識普及，小玖現在已經不像剛恢復神智時那麼小白了。

她也知道，無論是成長到聖獸的魔獸，或原本就是聖獸血統的魔獸，在天魂大陸上，都屬於罕見、魂師們想爭搶契約的魔獸。

至於神獸——那是傳說中的魔獸，只要一出現——不，是只要有一點消息，必然轟動整個大陸。

所以聖獸，是很稀奇又寶貝的；聖獸的毛皮，很珍貴。

他們不能太嫌棄。

這個說法還可以，小狐狸接受。

「妳喜歡？」

小狐狸準備好，只要她說喜歡，就讓這隻貓立刻變禿毛。聖獸的皮毛製成的鎧甲，在這片大陸上也算稀奇貨，讓小玖煉製著玩、穿著玩，很可以。

「普通。」

感覺到牠的想法，小玖回答得很保守，心裡有點汗。讓一隻毛孩子變成禿毛孩……有點罪過。

「普通？」

小狐狸糾結了。

這個答案，到底要不要讓這隻貓變禿毛？

「有你就好了，我不需要其他的毛。」

端木玖摸了摸牠，看著陰星柔氣急敗壞地撤掉魂力、收回魔獸的同時，身形瞬間移動！

眨眼間她已經閃身到陰星柔面前，劍尖抵著她的喉嚨：「認輸、沒命，選一個？」

「妳偷襲?!」陰星柔一愣之後，惱怒地叫道。

「謝謝稱讚。」

「我沒在稱讚妳！」

端木玖好脾氣地對她笑了笑，不過說出口的話像嚴冬寒風一樣無情：「快選，不要浪費大家的時間。」

陰星柔的表情不動聲色，手握魂器，再握住劍：「該認輸的是妳！」一鏡迴逆！

端木玖手上的劍頓時被魂器彈開，偏離了原本抵著陰星柔脖子的位置，陰星柔立刻以魂力朝她拍出一掌。

小玖的左手同樣以魂力回擊。

「啪」一聲。

陰星柔整個人往後退了好幾步，差點退出擂台，小玖則是借勢小小飛退一步。本來應該輕巧落地的身形，卻因為她臨時變步，左腳尖輕一點地後，整個人又迅疾飛身向前，一劍刺出——

所有人忍不住屏住氣息，尤其是陰家人，更是看得呼吸一窒，眼看劍尖就要刺中陰星柔。

陰星柔反手，將魂器護在胸口。

想贏她、想殺她？想得美！

有母親特意為她煉製的魂器，任何人想傷她，都等著被反傷吧！

在劍尖刺中魂器時，她得意地開口：「一鏡……」但才說了兩個字，她含笑的面色突然一變。

隨即「鏘」一聲。

小玖的劍，再往前一吋。

「哐！」

陰星柔手中握住的魂器頓時破碎，劍尖刺進她胸口，痛得讓她吐出血。

「呃！」感覺到生命危險，小天也顧不得害怕，身體直接為了盾護在她胸口，不讓流影再往前刺。

只是，精神上的壓力，讓小天連化形都不能了，只能直接附在陰星柔身上，幫忙擋下流影劍的劍勢。

「住手！」

看台上的陰月宇喝止一聲，聖階的氣勢頓時壓向端木玖，意欲逼退她。

雖然不是針對其他人，但是聖階氣勢一出，周圍的人無差別都感受到了功力，現場頓時一片驚慌。

坐在擂台下的五人立刻站起身，各自防禦；在觀眾台上的北御前等人，同樣起身，準備小玖一有危險立刻衝向前……

「陰長老。」傭兵公會的代表反應最快，他起身一擋，頓時化解掉大部分的威壓。

皇室代表同樣側身擋在他身前：「身為裁判與見證人，你想干擾比賽嗎？」

「當然沒有。」陰月宇不慌不忙地道：「我只是要告訴裁判，這一場比試，陰星柔認輸。」

做為陰家長輩，他有這個權力。

「認輸，需要出手嗎？」端木家長老不客氣地問道。

「我只是擔心自家小輩，不希望她受傷。」

「在這裡的人，誰不擔心自己家小輩，就你忍不住？上擂台了還怕受傷，你家小輩不如不要來了！」端木長老冷哼道。

「是我衝動了。」陰月宇面色不變，對所有人拱手一禮為歉。「星柔是敝家主最疼愛的女兒，所以我難免會擔心一點。擂台上，勝敗或受傷是常事，但這樣的個人賽，生死大事，能避免還是避免得好，各位的想法應該也一樣吧？」

這話，雖然聽著還是有點刺耳，但勉強可以聽得下去。

只不過，家主最疼愛的女兒……陰月宇是想告訴他們什麼？

陰月宇說完，就對台上的陰星柔說道：「認輸。」

「迴逆」雖然破裂，但是陰星柔還是死死握著抵住胸口的劍，白著臉色，硬撐著不肯認輸。

「認、輸。」陰月宇加重語氣。

陰星柔眼眶一紅，輕咳一聲：「我，認、輸。」

一旁的裁判立刻宣布：「帝都大比個人賽決賽，勝者：端木玖。」

競技場上靜默三秒鐘，緊接著，就是一陣嘩然、一陣喧嘩。

「她、她贏了?!」

「本屆個人賽冠軍……」

「端木世家，九小姐……」

怎麼感覺有點不真實呢？

往年歷屆個人賽，哪一屆不是比得大家頭破血流、驚險萬分又千辛萬苦、流血流汗，讓人看得熱血沸騰的？

但是現在，有嗎？

有啦，他們都被驚得心臟差點不跳了。

但是，是被這個結果驚的。

他們沒有千辛萬苦，只看到九小姐，一副輕鬆樣就贏了。

這真的是決賽嗎？

冠軍真的是一臉輕鬆的端木九小姐？

可是她贏了，是事實。

陰星柔——好歹是個二星天魂師。

底下坐著的那五個，也不是紙糊的，是少年一輩中，十打十有實力、也有名聲的。

但他們，都沒晉級到最後決賽……

然後大家都不看好的九小姐，逆襲了。

「廢材變天才?!」

怎麼感覺更不真實了呢？

他們有點暈，覺得在作夢。

「九小姐，以前該不會是扮豬吃老虎的吧……」好教大家都不注意她。

「你扮給我看看？」還要扮到被逐出帝都，窩在偏僻邊城十年喔！

「……」對不起，他扮不來。

「九小姐……今年好像才十五歲。」

「十五歲的天武師?!」等等，讓他靜靜，頭有點暈。

「這、這是破了天魂大陸有史以來的紀錄了吧？」有點難以置信。

前大陸突破天階紀錄保持者年歲：十八歲。

現任天階突破者最低年歲：十五歲。

在他們完全沒有預料到的場面裡，大陸紀錄就被破了，而且還是被一個他們作夢都想不到的人給破了。這感覺，怎麼這麼像在作夢哩?!

可惜，不是作夢，是真的。

在場眾人，還恍恍惚惚。

而一聽到裁判宣布，端木玖有些可惜地收回劍。

隨即「哐啦」一聲。

「迴逆」魂器，徹底變成一堆碎片，掉落地面；小天同時化為細小的流光，回到契約空間裡。

全場的人，又眼睜睜瞪著那堆碎片。

那是魂器。

還是個把陰星流弄成重傷的四星魂器。

就這樣碎了?!

莫不是個假的吧！

他們又有種在作夢的感覺……好像什麼東西遇上端木玖，他們都要懷疑一下人生。

陰星柔同樣難以置信地瞪視著地面。

「我的『迴逆』……」不可能！

她抬頭，瞪向已經不看她，收劍側過身去，一手抱著小狐狸、悠悠哉哉的端木玖。

「妳的劍，是哪裡來的？是幾星魂器?!」陰星柔到現在還不敢相信，她的魂器竟然被毀了。

在天魂大陸，四星魂器已經是難得一見、每次出現都會在拍賣會引起瘋搶的等級，難道端木玖的劍是……五星魂器?!

在場觀戰的魂師武師們同時想到：對喔！

能刺穿陰星柔手上的魂器，那端木玖手上的劍，也是魂器啊！而且等級顯然更高。

到底是幾星？他們好想知道！

所有人的目光都集中看著端木玖，端木玖笑了一笑，轉身走下台的時候，才給了她一句回答——

「不告～訴妳～～」和你們。

慢、慢、猜、吧。

「……」莫名覺得，他們好像被得意地眩了一臉。

這語氣，好欠揍！

# 第五十七章　一戰成名

他們，好氣喔！

可是氣憤可以先放一邊，在場的人這時全回神了，眼神亮晶晶地看著新出爐的「冠軍」。

十五歲的帝都大比個人賽冠軍。史無前例！

十五歲的天階武師。史無前例！

五歲時廢材、十五歲時變天才，以弱克強的最佳範本、小蝦米也能變大鯨魚。史無前例！

全場不由得開始歡呼——

「九小姐！」

「九小姐！」

「九小姐！九小姐！九小姐！」

「十五歲的天武師！」

「這不是廢材，是天才！」

「九小姐！九小姐……」

觀眾席上，突然有點暴動，一窩蜂的人都想衝下觀眾席、撲上台。

眼見現場有點要失控，在眾人還來不及反應的時候，端木風就「飄」到正走下擂台的小玖面前，手一摟，兩人旋風一樣地消失。

北御前和端木傲、仲奎一三人也立刻率先離開競技場。

坐在台下觀戰的五個年輕人反應最快，似乎同時想到什麼，五人不約而同站起來，趕緊跟著離開。

現場頓時混亂起來。

「六少！那是六少！」

「大陸第一天才，端木六少?!」比賽結束了，他們現在有空注意到別人了，一眼就把前任冠軍兼當代少年一輩的第一天才給認出來。

「我們快追！」

觀眾區開始暴動，一群一群的人拚命往外衝，只有坐在裁判台上的各族代表，見怪不怪、不動如山。

每回個人賽結束，觀眾們都是這麼瘋狂的，他們習慣了。

只不過經過今天，端木玖在大陸上的名聲，將完全不一樣了。

裁判：「……」

他還沒宣布冠軍和公告名次啊！

冠軍跑了、三四五六七八的也跑了，連觀眾都跑，他還……報不報名次呢？

不管，還是將名次報出來，順便宣布團體賽，於三天後辰時中，在此場地，準時開始。

當裁判將名次宣布完畢，在裁判台上的皇室代表這才開口：「陰長老，雖然你的解釋符合情分，但是比賽就是比賽，任何人都不能破壞規則；對於陰家公然干擾大比的行為，待稟告吾皇後，自有相應處置。請貴家主理解，並配合。」

一旁的其他世家代表一聽，暗暗點頭。

帝都大比，並不是名不見經傳的小打小鬧，而是全大陸都認同、具有一定公正與公證性的比試。

如果這樣的大比可以因私情而被擾亂，那還談什麼公正？

「我明白了。」陰月宇點頭，無話可說。

雖然讓皇族不高興，但至少保住了陰星柔的命，姐姐也應該滿意了。

「另外，陰長老所代表的，乃是煉器師公會，公會也會收到相關懲處。」皇室代表繼續說道。

陰月宇只愣了一下，便輕笑了出來。

「我會傳達給會長知情。」他看起來，竟然一點也不生氣。

不會是氣極反笑吧？

眾人雖然有點疑惑，不過皇室代表很滿意，而其他人丟開這件事，已經熱鬧地對著端木世家恭喜起來了。

「恭喜。」

「端木長老，恭喜。」

「恭喜，端木世家，今年又拔得頭籌了。」上一屆，是端木風啊！

端木家小輩們，真是人才輩出。

「承蒙相讓，多謝。」端木長老表情謙和、微笑地回道，但是心裡很空虛。

如果是其他小輩得了冠軍，他現在嘴巴一定會笑裂到耳邊去。但是，偏偏是小九……

當然，自家小輩在帝都大比中拔得頭籌，長老還是很高興的，至少沒輸給其他世家。

也證明他們端木世家，可不是在小六之後，就後繼無人的呀！

還有個小九。

但是，偏偏小九情況特殊。

她前幾天才大鬧家族，弄得長老們人仰馬翻、一半家族小弟懷疑人生，但追究原因，也不能說是她的錯。

現在她為家族爭光。

長老很高興、但長老也很沒底氣，畢竟九小姐和家族之間的感情，實在不算和諧。

在被大家面笑心不笑的恭賀中，端木長老的心情，真的是又高興、又複雜、又糾結啊！

◈

帝都大比個人賽冠軍：端木玖。

這個消息，在裁判宣布之後，迅速從競技場往外擴散至整個帝都。

各大小家族、各大小傭兵團、大大小小的魂師武師們，聽到消息都是一陣驚嚇、恍恍惚惚。

「端木玖？那是誰？」很多人聽到這消息，尤其是沒在現場觀賽的大大小小人物，一臉懵。

這名字，有點耳熟。

但是一時想不起來。

啊！

「端木世家九小姐！」

「那個傻子?!」

「那個廢材?!」

她得了第一名?!

他們有沒有聽錯？

三十歲以下，成名的天才很多個呀！不是說，端木玖不能修練，連端木本家都嫌棄地把她趕走的嗎？

怎麼現在變成第一名了？

就算、就算她現在回來了，聽說好了、能修練了、是個武師，也不至於厲害到能打敗其他參賽的所有對手吧？

公孫家的六少、八少，歐陽家的七少、端木家的七少、還有陰家的陰星流、陰星柔、眾傭兵團及其他家族有名的子弟們……全都輸了?!

……是他們聽錯，還是來到了一個假的帝都？

「是真的。」回家報消息的人，一臉興奮和沉痛，表情糾結得不得了。

興奮是，最後一場賽雖然沒有驚天動地什麼的，但是很有趣呀！這種比賽時把對手點評得體無完膚的操作，他們第一次見。

沉痛是，他們、應該、也打不過端木玖。

看過那場比賽後，他們默默希望以後不會和端木玖打個人賽，因為打一打後，他們可能就要懷疑人生了。

還有許多武師，注意到端木玖在比賽時所使用的招式。

有人看不懂，只覺得很厲害；也有人好像看懂什麼、又好像都沒看懂；還有人看得一臉沉思……

「看起來不太強的攻擊，實際上，卻可以打敗對手……」這和他們從小修練的方向，好像有點不一樣啊。

看起來那麼軟綿綿、一點威力都沒有、一點都不嚇人的招式，真的有用？

「不管有沒有用，她當場打敗了陰星柔，還把四星魂器給打破了，是事實。」

「對喔！」四星魂器啊！這件事比陰星柔被打敗更讓人感興趣，「端木玖用的劍也很特別，至少四星。四星魂器呀……」好羨慕……

「不知道是誰幫她煉製的？」

「會不會是仲奎一？」

「有可能。」仲奎一早年成名，後來卻很少留在帝都，但是有名的煉器師，動向是不會沉寂的。

傳聞這幾年他為了好友北御前，一直待在西岩城開武器店。

那為北御前帶大的孩子煉製一柄高星魂器也不奇怪。

「不管我們相不相信，端木玖得到大比冠軍是事實，還是先準備禮物去祝賀吧。」

「送去端木世家嗎？」大世家能看得上他們小傭兵團（小家族）拿出來的禮物嗎？

「當然不是，是送到仲奎一的府邸。」身在帝都，好歹消息靈通點兒呀喂！

端木玖和端木世家之間不得不說的兩、三事，雖然沒有大肆宣傳，但也算是什麼秘密，大家都該聽說過的吧！

「為什麼？」但還真有人呆呆沒想到。

「因為她住在那裡。」

「……對喔！」終於想起來那兩、三事了。

「……」這麼遲鈍的反應，絕對不是我們家的人。

◇

小玖得到冠軍，很好～很好。

北御前、端木傲、端木凰、仲奎一等人，驕傲又高興，同時也先後預料到之後會發生的事。

只有小玖一臉懵。

「六哥？」她是被端木凰抱著，一路飆速回仲大叔家的。

不過，她也聽到那邊觀眾席傳來的歡呼聲了，好像還瞄到他們衝下觀眾台、朝她追來……

「他們大概是想對妳說聲恭喜。」

「……」可是她完全不認識他們。

大概看出她完全一臉狀況外，端木風解釋了：「天魂大陸，崇尚強者。以前他們認不認識妳不重要，重要的是，現在要認識了；因為妳不是廢材，而是以十五歲的稚齡、以天武師的實力，打敗一名二星天魂師的天才。」

「……」好的，這大陸的「追星」標準，她明白了。

不只如此，當他們回到仲奎一的住處，就發現門口已經有好幾波人等著，送賀禮來了。

這速度真是快得讓小玖又呆了一下。

「有傳訊石，傳遞消息是很快的。」端木風含蓄地說道。

「……」她都忘了還有這種東西了。「那現在……」

「現在嘛……」端木風看向她身後。

慢了一步離開競技場，一路奔回來的北御前、端木傲、仲奎一三人也到了，看到家門口前的狀況。

「這裡交給他們，妳跟我來。」北御前一落地，就帶著小玖轉入一旁的小巷道。

剛回來還沒和小玖說到半句話的仲奎一：「……」

阿北，你丟鍋丟得也太順了吧！

好歹讓他對「小師妹」說聲恭喜啊！

◈

這種榮耀的時刻，本來端木玖應該是很高興地一邊拆看禮物、一邊聽很多讚美，再一邊和送禮來的人問候聊天。

但是鑑於她在擂台上的表現，一回到仲奎一的住處，她就被北叔叔拎著到後院再教育去了。

預估，這聽別人讚美自己的時間，會完全變成訓話時間。

至於來恭喜、來送禮的這些人，全部由秦肆迎進門，讓被甩鍋的仲奎一、端木傲、端木風三人分別代表接見，並且道謝。

因為來祝賀的人太多了，多到客套話說了太多遍的三人都開始覺得：阿北（北叔叔）該不會就是不想應付這些人，才故意一回來就把小玖帶去「再教育」的吧？

頓時，三個男人都覺得不好了。

但在來客面前，還是要保持微笑……

……恭喜九小姐得到個人賽冠軍。

……多謝。

……四少和六少，得了一個好妹妹，真讓人羨慕。

……客氣，小玖還需要努力。

……聽說九小姐是北大人教育長大的，能將九小姐教得如此成材，北大人實在好厲害，不知道能不能拜見一下？

……抱歉，他現在有事，所以不在這裡，不過貴家的意思，我們一定轉達給他。

……那就拜託了。有機會，也希望家裡的小輩們能和九小姐多多交流、多多往來。

……有機會的話，一定一定……

呵呵呵的客套話接連不斷，他們都笑得有點僵了。

最後，端木本家也來人了，代表端木大長老與族長來的人，是端木瑩和端木玨。

仲奎一挑了下眉，看見來人後，就坐到一旁，端茶喝水，將場面交給端木傲和端木風兩兄弟。

「見過四少爺、六少爺。」端木瑩拱手行個禮。

「瑩長老。」兩人拱手回禮。

「四弟、六弟。」端木玨對兩人點了下頭，問道：「九妹呢？」

「她累了，在裡頭休息。」端木風回道。

在別人面前，要維護小玖的形象，當然不能說小玖是被北叔叔帶走「再教育」去了。

「四少爺、六少爺，我和大小姐，奉大長老之命，前來請少爺與小姐回本家。」端木瑩連忙說道。

「小玖暫時不會回本家。」端木風說道。

「請瑩長老回覆大長老，小九在這裡還有事，暫時不回本家。」同樣的意思，端木傲說得委婉一點。

端木瑩表情頓了頓。

「九小姐可還為婚約一事氣惱？」當初宣布婚約的命令，她也在場，九小姐後來的怒氣，她也有責任。

兄弟倆沉默。

小玖還氣不氣，他們不知道，但是他們，是還生氣的。

「不氣。」仲奎一放下茶杯，笑咪咪地回道。

「真的?!」端木瑩立刻看向他。

「當然是真的。」仲奎一慢吞吞地說道：「雖然祝賀時機的早晚，對小玖來說都沒有差別，但是卻可以看出祝賀的人的心意。以同在一座城、第一時間就接收到消息、又不是敵對身分的你們來說，這時候才來，你們也挺能選時間的啊！」

這話聽起來雖然沒有指責，但話意一點都不客氣。

翻成白話就是：身為同家族的人，別人早就送禮來了你們現在才到，又不是住比較遠沒收到消息，現在才來一點都不會不好意思嗎？現在才來你們真的有誠意嗎？

端木瑩挺住了臉上的微笑，「我們帶來九小姐該得的獎勵，這才花了些時間。同時，我代表家族，恭賀九小姐得到帝都大比的冠軍，也為婚約一事，帶來一些歉禮，希望九小姐別再把這件事放在心上。」

一回本家，九小姐在演武場初現實力，接著又硬闖禁靈山，雖然都是挑戰族規的事，但同時也展現了九小姐的實力。

雖然魂師天賦似乎有點兒一言難盡，可是九小姐的武師天賦卻不容小覷，這樣的實力，家族自然重視。

再者，婚約雖然是三爺搞出來的事，但卻實實在在，以家族的名義，和陰家有了協議。

但現在，大長老當然不會同意了，所以九小姐不用擔心，家族不會強迫她聯姻的。

仲奎一似笑非笑地看著她，提醒道：「現在要聯姻的人，不是小玖，而是你們家族某長老的女兒。這件婚約，與小玖無關。」別牽扯過來啊。

對於跟自己無關的事，怎麼還會生氣呢？

別想太多，小玖絕對沒有這麼「熱心」。

有這種熱心的時間，她可能更想睡一覺或是修練，或者，抱著她那隻火狐狸去玩耍吧……他猜。

端木瑩、端木玨：「……」

都忘了還有這回事了。

「妳們的來意我明白，你們家大長老的意思，也不難懂。至於小玖的想法，等大比完全結束後，妳們再來問她吧！」懶得跟她們多囉嗦，仲奎一直接說道。

「四弟、六弟，你們怎麼說？」端木玨問道。

「依仲前輩所言。」端木風回道。

「嗯。」端木傲也點頭。

「那你們兩人，也不回本家嗎？」

「三天後，我們會一起參加團體賽，等大比結束，我們再回去。」端木傲說道。

端木玨看著他。

「在你心裡，小玖比較重要？」她們是親姐弟，原本可以一起組隊參加團體賽，但是現在……

「她是妹妹。」端木傲毫不遲疑地回道。

「那好吧。」端木玨不再多說，只拿出一張錢卡，交給他，「這是大長老交代要給小玖的，現在交給你。」

端木傲點了下頭，收下。他會轉交。

「團體賽時，再見。」

「好。」端木玨也不囉嗦，話一說完，轉身和端木瑩帶著同來的端木家子弟一起離開。

終於打發走了來恭賀、送禮的所有人，仲奎一看著他們兩個，「你們真的想清楚了？」

「有什麼需要想嗎？」端木風反問。

「你們和小玖的狀況，可不一樣。」仲奎一才不信這兩個會不懂。

小玖，曾經是被放棄的廢材。

又一直跟著阿北生活、長大。

仲奎一敢拿自己煉器師的等級打賭，小玖對端木家族沒有太深的感情，如果有一天要脫離家族，那大概是半點也不會猶豫的。

小玖可以隨時轉身就走，對端木家族不會有半點不捨。

但他們兩個，可就不同了。

他們是端木家族從小培養的天才。

他們在端木家族學習、長大，對家族的感情，沒有一百也有八十，「脫離家族」這種事，怕是連想都沒想過。

端木風卻沒有猶豫就回道：「不管小玖要做什麼，她是我的妹妹。」說完，又淡淡加了一句，「四叔不在，我會保護小玖。」

他特地回帝都，可不是要看著小玖被欺負的。

為此，會發生什麼事的各種可能性，他也早就全部想過。

端木風的想法一向很明確。

就是以「保護小玖」為最高準則，其他任何人任何事，都要靠邊站。

就這麼簡單。

「小玖是我的妹妹，而端木家族，也是我的家族。」家人，是不能說捨棄就捨棄的，除非從來不把那所謂的「家人」，當成家人。

對人，沒有取捨。

但對事，則有輕重之分。

端木傲心裡自有準則。

仲奎一笑了笑，多看了端木傲一眼。

「人想兩全，世事卻往往難以兩全。你們的答案，你們自己清楚就好。」他只是提醒一下，這也算是他為「小師妹」做的一點小事。接著，正經的表情一抹，仲奎一伸了下懶腰，打了聲呵欠，「哎呀，陪笑真是太辛苦了，好累。」捶肩膀。

端木風、端木傲：「……」

感覺，仲前輩的話鋒突變，有點兒適應不良。

「來，打賭。」

「打賭？」兩兄弟不解。

「我們來猜一下，阿北和小玖現在正在做什麼？猜中有獎。獎品：小玖親手製作的肉乾一包。」

小玖、親手、製作。

「賭了。」抓到六個關鍵字，兩兄弟想也不想立刻同意。不過端木風先問一句：「肉乾呢？」

獎品先拿出來展示一下，他可不接受賒欠。

「這裡。」仲奎一手一甩，一包有包裝沒標示的紙包在他們面前展示了一下，立刻又收起來。

只留下一陣肉乾香。

這還是從阿北那裡搶來的呢！

「來，猜吧！」仲奎一笑咪咪的。

「講授戰鬥技巧。」以及戰鬥中，不要話多、速戰速決、看到敵手的弱點絕對不要猶豫直接攻擊的各種要點。

端木傲想到，回帝都的一路上，他和夏侯凜輪流幫小玖「補習」的模樣。

「嗯……」端木風摸著下巴，認真地沉吟了一下，「大概，在吃東西吧！」

「吃東西？」仲奎一瞪眼。

這答案跟「再教育」該有的場面，完全沒關係啊。

「個人賽比了那麼久，讓小玖先吃東西，也是應該的。」端木風覺得，北叔叔不會虐待小玖、讓她餓肚子的。

「……」聽起來好有道理，仲奎一都想在他後面直接掛「＋1」了呀。

不行，他要穩住。

「我猜，阿北會親自教小玖實戰技巧。」這和端木傲的答案不一樣。

端木傲是用說的，他的，可是用打的——後院夠大，阿北可以盡量打沒關係——也說不定，其實阿北是打不贏小玖的……哇哈哈哈……

「仲前輩？」端木風戳了他一下。

請不要自己腦袋放飛了不知道想到什麼而太高興就露出一臉傻笑樣，然後忘了這裡還有他和四哥兩個人的存在好嗎？

「走！我們看結果去！」仲奎一回神，立刻吆喝一聲，走人。

至於露出傻笑樣的人——那是誰？

他不認識。

◈

身為把小玖一手帶大的男人，叔兼父含母職的，北御前把小玖看得比自己還重要。

比完將近一天一夜的擂台賽，一回到家來，第一件事，當然是——先吃飽再說。

所以一回來，北御前帶小玖來到後院，讓她先在轉角處的小亭子裡坐著休息一下，然後他很快做出幾道飯菜，端來和小玖一起吃。

等吃飽了、收拾好桌面，再泡壺茶來，北御前開始進行點評。

該稱讚的稱讚、該建議的建議、該改正的要她記得改正。從她第一場淘汰賽，說到最後的決賽，「……無論是口頭上的應對、或是打鬥中的變招，妳都做得很好，唯一的缺點，就是在決賽時，和對手說太多話了。對手就是敵人，能直接碾壓敵人，就直接碾壓，知道嗎？」這語氣，溫和、溫柔得完全不是訓話，是在諄諄教誨、循循善誘呀。

說好的訓話呢？

「哦。」正在喝茶的小玖低應一聲，慚愧地低下頭。

北御前摸摸她的頭。

「以後妳會遇到更多、更強、還有比妳更厲害的敵人，北叔叔希望妳能贏，但最重要的，是妳平平安安……」

對於一手養大的小孩，他很希望可以護得她一輩子平平安安。

但是事實上，這是不可能的。

如果小玖還像以前一樣，需要人照顧，他可以帶著她一直住在西岩城，護著她安穩度日。

但是小玖恢復了，如同——「她」所言。

生來有劫難，十五年後見轉機。

這之後，小玖的未來，該掌握在自己手裡，而不是託付給任何人。

他希望她可以成為一方強者。

但也擔心，在她還來不及成為最強者時，就先遇上比她更強的人，半途被為難、遇到危險了。

這種希望她成才、又擔心她太成才的心情，糾結的啊。

「一旦對敵，無論大小、無論強弱，那就是一次生死局。」北御前頓了下語氣。「敵在，危機就在；任何時候，都不要輕敵。」

他一點都不希望自己照顧著長大的小孩，有一天栽在「輕敵」這兩個字之上。

「北叔叔，你放心，我知道要先保護自己，不會輕易做沒有把握的事。」血緣上，北叔叔不是她的父親，但事實是，北叔叔一人兼兩職，把一對父母該做的工作，都做完了。

這讓小玖特別敬重他。

這種對自家小孩的擔心，她完全能理解。

「……」這麼乖巧的小玖，很容易讓人想拐走的啊。北御前的心情，又擔心到另一個方向去了。

窩在她腿上的小狐狸抬頭看了她一眼，又看了北御前一眼。

小玖連忙摸摸牠，又餵牠喝茶、餵小餅乾。

北御前低頭，默默地看著被小玖服侍得很好的小狐狸。

小狐狸本來已經不看他了，但是他看過來，於是小狐狸也默默看回去——一邊不忘吃小玖餵來的小餅乾。

「北叔叔，天魂大陸上，有很厲害的武師嗎？」小玖一邊餵小狐狸，一邊問道。

「當然有。雖然魂師強者很多，但是聖武師也不少。」這是天賦偏向的問題。雖然天魂大陸推崇魂師，但以全部人口而言，沒有魂師天賦的人，遠多於能成為魂師的人。

「聖武師……就像端木三伯那樣嗎？」

「差不多。」聖武七階，在大陸上也算上層高手了。

「就沒有再厲害一點的嗎？」好歹，除了武階的威力之外，也要像魂師那樣有個什麼絕招或獨門秘招之類的吧。

北御前看著她，「妳想問什麼？」

「我覺得……大陸上的武師和魂師，在招式上，都不……怎麼厲害呀。」不是她自大，而是到目前為止她所遇到的人，即使比她厲害、魂階武階比她高，但是她敢說，他們要想壓倒性贏她，也是不可能的。

但是她現在的實力，平均起來，也不過就和前世差不多，並不算很強。

這是她很疑惑的地方。

好像別人覺得很受壓制的感覺，她從來沒有感受過。

不被壓制，自然可以全力發揮，在對戰中往往有讓人意想不到的優勢。

「不是他們不厲害，是妳……比較特殊。」北御前大概明白她的疑惑，「妳是覺得，大陸上的武師攻擊模式，好像很單一，除了力量，妳感覺不出其他讓妳覺得厲害的地方，是嗎？」

「嗯。」她立刻點頭，期待北叔叔的解答。

北御前看她一臉期待又好奇的模樣，忍不住笑著摸摸她的頭。

「這大概有兩個原因。第一，是神階以下，修階，是他們衡量一個人實力的標準。」所以他的小玖看起來瘦瘦弱弱、又被測出那麼低的魂力，才會被小看。「愈高的修階，愈能在心理上打擊對手，而修階化為實力，便於在對戰時打敗對手；所以修階愈高，就代表實力愈強大。」

「神階以下?!」小玖立刻抓到重點。

「神階以下。」北御前看著她，眼神意味深長。

「所以……」還有「神階以上」？

「暫時，妳知道這些就好。」北御前打斷她。

小玖立刻看著北御前。

眼神幽幽，臉上寫著「秘密吊一半沒道德、解答只解一半太糟心、大人欺負小孩沒良心……我要知道啦！」的表情。

北御前不愧是把她從小照顧到大的男人，這表情一讀就懂。

身為「大人」，他很忍住沒笑出來，保持嚴肅樣。

但是內心裡——小玖很少會有這麼孩子氣的表情，真可愛！他真的很會養小孩……

北御前頓時心滿意足。

「北叔叔？」在發呆？

北御前瞬間回神，臉上依舊是嚴肅樣的表情，鎮定地繼續說道：「另一個原因，應該是因為沒有傳承。」

「傳承？」顧不得用表情繼續抱怨北叔叔的無情無義，她想了想，大概明白了。

「武師修練的方式，與魂師大不相同。魂師有魔獸為契，能使用魔獸的天賦技能、也能以魔獸為武器。但是武師，無論是升階或是招式，都必須自己修練。就算是有師承的人，也可能因為各種不同的原因，導致修練進展緩慢。」像是學得不完整、或是天賦與領悟力的差別……

即使是師傳徒，都不能保證師父沒有壓箱底的保命留招；更何況，武式要熟練，所需要花費的心力與練習時間，會讓一個武師忍不住打退堂鼓。

同一家族中的長輩也許不吝於指導自家晚輩，但也僅止於同一家族。若是師徒，也不是每位師父，都會盡心盡力教導徒弟。

久而久之，武師們體內累積的靈力足夠升級，發出的威力夠強大，符合自身的武階，但是相匹配的招式卻不一定有。

這些都是導致那些武師們，動不動放大招、卻很容易被一些有戰鬥經驗的人找出弱點的主要原因。

這一點，在他初到端木家時就發現了，起初也曾經覺得很意外，後來他很快就明白了原因。

小玖這發現的速度，也是很快了。

「沒想到大部分的人都沒發現的事，卻被妳發現了。」不愧是——「他」的孩子。

「因為很奇怪……」感覺上，好像別人嘴裡的「很厲害的高手」，有點兒名不副實。

「是不是覺得，即使是同武階的人，實力的強弱差別很大？」小玖的表情，單純得一看就懂。

「嗯。」

「天魂大陸上的武師，無論是修練或是攻擊招式、防守招式，大多還是靠自己領悟。想要領悟屬於自己的強大招式，並不是一件容易的事。」

小玖想了一想，大概就明白了。

追求實力、渴望強大。

先有強度、才有巧變。

武師們的這種情況，也就不難明白了。

「北叔叔，神階以上，是什麼？天魂大陸上，好像沒有神階高手。」雖然北叔叔不想說，但小玖真的好奇呀。

尤其是這一路到帝都，就算她對大陸高手很不熟，但是這種消息，應該不可能完全沒有人談論。

可她完全沒有聽說。

目前知道的各家族高手、各公會的高手，清一色就是聖階九級，卻沒有聽說有誰突破成為神階。

北御前看著她，想了想後，提出條件，「如果這次團體賽，妳也能拿到冠軍，北叔叔就告訴妳。」

「一言為定。」

「不要輕敵。團體賽和個人賽，是兩回事。妳能在個人賽奪冠，但是團體賽不限年齡、又是團體合作，相較起來，妳的優勢並不多。」北御前提醒道。

「沒關係，我也想知道，那些實力強大的人，究竟是多厲害。」小玖一臉期待。

「不怕嗎？」

她搖頭，「不怕。」

「要是輸了呢？」

「我不會輸。」小玖又搖頭。

「哦？」這麼有自信？

「因為我有這個。」小玖心念一動，一直隱在她身邊的劍，就突然顯形，又隱沒。

「嗯。」北御前點了點頭，表示贊同。

小玖的劍，的確很厲害。

「還有……牠。」小玖抱起腿上的小狐狸，一人一狐的臉，並排靠在一起；小玖還笑咪咪的喲！

北御前的表情，頓時有點一言難盡了……

# 第五十八章 良心咧?!

但是小玖喜歡，再一言難盡，北御前還是勉強點點頭了。

只是看著小玖又把牠放在腿上，拿肉片餵牠的模樣……

「契約魔獸，應該要養，但是不能慣。」北御前慢吞吞地說道。

他發現比起教導小玖在戰鬥中不能猶豫、不要多話、不要心軟的要點，還比不上教她如何正確地對待契約魔獸來得重要。

小玖真把魔獸當寵物來養了吧？

而小狐狸，只瞥了他一眼，像在嫌棄他。

北御前眼一瞇。這隻狐狸……

「沒有慣。但是自己家的，還是要好好愛護。」小玖理所當然地回道。

自己家的，不分人或是魔獸，都要愛護。

這句話說得還可以，小狐狸默默收回和某男人對視的眼神，專心致志地吃餅乾、喝茶。

但是北叔叔的心情，頓時又一言難盡了。

「魔獸不是一般的凡獸，不用照顧得太盡心，否則容易失去身為魔獸該有的本性。」

平時走路，抱著。
戰鬥的時候，扒著肩膀。
吃東西的時候，餵著。
國王的生活也就這種等級了吧！
看著自己養大的小玖這麼疼一隻，只是「看起來很可愛」的魔獸，北御前就……看狐狸不順眼。
他疼疼疼的小孩，這麼疼疼疼地去「照顧」一隻狐狸，北大人深深覺得，這隻狐狸簡直在占他家小玖的便宜！
魔獸和一般獸類不同，這隻小狐狸看起來小，但實際上可能一點兒也不小。論年紀，可能比小玖大；論實力，說不定還在小玖之上，只是裝小裝無害而已。
欺騙世人！
不對，是欺騙小玖！
北御前開始反省，他是不是哪裡把小玖教錯了？
不然怎麼會讓她對魔獸有這麼錯誤的認知？還這麼心軟？
「北叔叔，你不要擔心我呀。」小玖軟軟地說道。
北御前一回神，先聞到一陣令人精神一振的香氣，然後看到小玖端著一杯冒著熱呼呼的白煙、一杯黑呼呼的東西到他面前。
黑呼呼的、熱呼呼的，聞起來很香、但看起來有點可怕。
可是，這是小玖端來的，就算這杯東西喝了會拉肚子，他還是要喝。

北御前立刻將杯子接了過來，小玖又接著倒了一杯白呼呼的東西，以及一小碟淡褐色的碎糖塊給他。

「北叔叔，如果喝起來覺得苦，可以加這個和這個。」

一看這東西，北御前就想起來是什麼了。

樹海特產：綠木汁液。黑、白都有。

不過，熱熱的？

北御前移了下眼神，就看見桌上放著一只小爐子，爐子上溫著小水壺，爐子裡則有顆閃著淡淡橙紅色光芒的東西——他眼角頓時抽了一下。

「小玖，那是岩火石？」

「嗯。」點頭。

「那是火屬性靈石，可以做為煉材使用吧？」

「嗯。」又點頭。

「那妳……」把它拿來當點火石、熱東西用會不會太浪費？

「它很方便。」彷彿不知北叔叔要說什麼，小玖笑咪咪的，「如果用點火石，還得找東西燒，會把自己弄得又黑又灰，還要收拾很麻煩；而且如果要隨身帶著，會浪費空間、還得常常補充。岩火石就很方便了，只要小小一顆，放哪裡、燒哪裡，拿來燒房子也沒問題。而且一小顆就可以用很久、用好幾次，很耐用。」

環保簡便又健康無煙，完全是作菜烤肉的好伙伴——雖然這個大陸不講究環保，但是不能否認岩火石的妙用。

「……」說得好有道理，北御前都忍不住要贊同了。

但是心情很複雜啊！

小玖不囿於物，這很好。

養女孩子需要培養她的見識和習慣，免得不小心看到什麼好東西，被人一拐就跟著跑。

但是拿岩火石來當打火石用……

岩火石，是岩火山特有的產物，即使是在最靠近岩火山的西岩城，那也是傭兵公會上常列出來的任務。

拿到別的城鎮，更是吋重逾百金。

小玖用的這塊……有一吋半吧？

等這塊燒光，就燒掉大概快兩百金——好吧，他花得起，小玖可以用。

「北叔叔，你要嗎？我還有很多。」見北叔叔一直盯著那塊岩火石，小玖猜，北叔叔該不會在肉痛吧？

不用肉痛啊，在岩火山的時候雖然她撿得不多，但是，現在她的巫石裡卻有很多——都是焱和磊的功勞。

這塊還是她挑其中火元素之力含量沒有那麼多的、再打碎成十幾塊，其中比較小塊的一顆。

所以她還有很多顆，可以給北叔叔很多顆。

「不用。」北御前收回眼神，開始品嘗手上那杯黑呼呼的……水。

喝了一口，加了些白呼呼的水，再喝一口、兩口三口，到快喝完了，再加一點點糖；嗯，皺了下眉，還是喝完。

「北叔叔，再喝一杯。」小玖立刻拿起水壺，倒出與剛才一樣冒著白霧的熱黑水，然後再配一盤看起來就非常可口的糕點，推到北叔叔面前，「北叔叔吃點心。」

小玖祈禱：有吃有喝，北叔叔不要再計較小狐狸的問題呀。

「好。」一點都沒有察覺小玖的小心思，北御前嚴肅地端起杯子，「嗯？」這溫度……

北御前伸手觸碰了下爐子。

「這爐子不燙。」

「嗯，我改過的喔。」小玖興致勃勃地說道：「這裡有開關，可以控制爐子裡面的火力大小。爐子外面，有混進隔熱的材料；水壺邊，也有隔熱的材料，只有底部沒有，不會燙到人。然後壺口這裡，有自動冷卻的效果。這樣倒出熱的東西，喝的人就不會被燙到，可以馬上喝。這個爐子，可以用魂力控制。」

隨心所欲，想煮什麼就煮什麼。

兼顧安全不燙手。

完全是配合使用者的設計——這完全是前世留下來的習慣使然。

「所以這個爐子……是魂器？」

「嗯，三星的喔。」小玖像有一點不好意思。「雖然是個爐子，但是除了煮東西之外，它也夠硬得可以拿來砸人，火力全開的時候還可以把一整排房子都給燒了。」破壞力絕對強大。

除了小火爐、還有水壺、茶杯都是喔。

當然，這些器物都有個最基本的功能：聚靈。

在使用過程中，會自動吸收游離在四周的靈氣，讓烹煮出來的食物，更適合魂師與武師們食用。

所以，煉製出來才會變成三星魂器。

北御前的表情有點一言難盡，看著自己一手養大的孩子。

這個嘛，小孩子有興趣很正常。

喜歡煉器，大大的好事。

但是，這只是個爐子，煮水烤食的小火爐，是有沒有必要把它做成武器、而且還是三星的魂器哩！

都可以認主了。

把一個火爐子契約了拿來當成砸人和打架的武器……這、這畫面「太美麗」，他有點看不了。

「一個爐子……而已，買現成的不就好了，怎麼還自己煉？」不想阻止自家孩子發展興趣、想看她開心，又不希望她把興趣發展歪了。

北御前的心情，糾結著呢。

「科技，始終來自於人性。」她輕聲說著某句名言。

「嗯？」科……技？

小玖一本正經地解釋，「煉器，一開始就是以為人的生活帶來便利為目的，然後為人類展現更好的美學。」請把上一句當作沒聽到。

「……」這句和上句完全不一樣。

小孩子不要在大人面前說謊啊。

我的耳朵，可不會聽錯。

而且，為生活帶來便利為目的、發展更好的美學，這是哪裡來的說法？

「煉器，是很嚴肅、很神聖的事。一只魂之器，可能相伴一名魂師一生。煉器師在煉製時，不該用輕鬆的態度面對，應該要嚴謹以對。」這是北御前對魂器的看法。

關乎修練，以及可能使用一輩子的魂器，這種話題北御前從不開玩笑，務求把他認為最正確的知識，教給小玖知道。

「北叔叔，我知道的。」小玖乖巧地應道，「但做為一名煉器師，我最基本的責任，是對自己煉出的器負責；其次才是人。我希望自己煉製出來的器，沒有廢品，這也是師父對我的基本要求。」

「嗯……」沒有廢品？

三星魂器，當然不是廢品。

但是，爐具有什麼用？

基於對小玖的愛護，北叔叔不會反駁小玖的話，但是他的表情，很充分地表達內心的疑問。

小玖看懂了。

「北叔叔，你剛剛喝了東西，沒有感覺到什麼不一樣嗎？」

北御前一愣。

……有。

一股靈氣，從腹部蔓散開來，一遇上他體內的魂力，就立刻跟著魂力運行經脈一周。

然後全數化為魂力，留在他的身體裡。

雖然不多，但確實有感。

就像吃了有含靈氣的魔獸肉一樣，只是這杯汁液的靈氣，更純粹、更好修練。

「是因為這爐具？」北御前看著那組一點都不起眼的小爐具。

「爐子聚靈、岩火提純、壺杯凝煉不散。」

小玖出品，即使只是小小的爐具、烹調器具，當然不能只是用來點火、烤煎煮而已。

爐具，要方便使用。

還要能煮出最適合使用者的美食。

把烹調器具煉到魂師才能使用的魂器等級，才能把適合魂師吃的食物，煮到更適合魂師食用。

不但好吃，還對修練有益。

雖然不是用來戰鬥的魂器，但也是對魂師很有用的魂器，是居家出門最佳良物。

「北叔叔，這很有用吧？」小玖眼神亮晶晶。

北御前點點頭，又摸摸她的頭。

「嗯，很有用。」

雖然造型很讓人心情糾結，但這功能，一點都不糾結。只是想到它的等級，北御前的心情又糾結了。

「北叔叔，這組送給你用。你把魂力，從這裡輸入就可以。」小玖拉著他的手，一貼近爐具，魂力不自覺運轉。

爐具裡的火頓時旺盛地冒出爐外，整個爐子有點快炸掉的感覺。

北御前立刻撤掉魂力。

小玖眨了眨眼。

「北叔叔的魂力，好強大。」

天魂師的魂力，有這麼強嗎？

已經打過幾個天魂師的小玖有點疑惑。

在北叔叔的魂力注入爐中的一瞬間，小玖有一種危險的心悸感。那是連今天在擂台上，當陰家那個代表發出威壓時都沒有的感覺。

如果天魂師的魂力像北叔叔的這麼濃厚，那她大概不會打贏……

「現在我比妳強，足以保護妳。以後，妳會比我厲害。」北御前不以為意地收回手，倒出一杯汁液，端給她。

「就算我沒有北叔叔那麼厲害，也會保護北叔叔的。」小玖坐在他身邊，很習慣就靠著他。

在西岩城的小院裡，只要北御前沒有出任務，一定會陪著她，像這樣吃飽後，就讓她靠著自己，然後他會說一些修練的事、任務的事、生活的事。

即使看起來更像一個人在自言自語，小玖完全沒有回應，但是北御前始終相信，她是在聽的。

事實證明，他是對的。

「北叔叔不用妳保護，只要妳保護好妳自己，將來……」

將來什麼，北御前還沒有機會說出口，就先感覺到三雙非常不友善的目光，同時瞪著他。

當端木風與端木傲、仲奎一來到後院的時候，看到的就是：小桌、食物、小火爐、香噴噴的茶水點心。

以及——小玖在阿北（北叔叔）身邊依偎撒嬌的畫面。

三人同時默了。

他們在外面應付那些皮笑肉不笑的人、試探來又客套去，生怕他們干擾到北叔叔（阿北）對小玖的訓話時間。

結果他卻和小玖躲在後院裡吃喝玩樂說笑聊天還被撒嬌。

長輩（朋友）是這樣做的嗎？

良心咧?!

◈

「仲大叔，四哥、六哥。」小玖看見他們，很高興地揮了下手。

他們三個，也很自然地回揮——對小玖揮了下手，對北御前繼續進行瞪視，用眼神嚴厲譴責。

不是說好的，要教小玖戰鬥要點的嗎？

不是說好的，要好好批評小玖下手太輕的嗎？

不是說好的，要告訴小玖面對敵人要速速打死絕對不要拖延……

請問：現在是什麼情況？難道都教完了？

「坐吧，你們也餓了，先吃點東西。」北御前淡定的，完全無視三雙譴責的眼神，自在地從儲物戒裡拿出飯菜，招呼道。

「嗯，餓了。算你有良心，還知道做我的份。」仲奎一立刻坐下來。

「我沒記得。是因為小玖贏了比賽，我一高興就多做了些，小玖吃不完，才會留下來。」北御前特別誠實。

所以，小玖沒吃完的「殘羹剩菜」，才叫他解決？

仲奎一想掀桌。

「阿北，你不能說好聽一點的話嗎？」

「要多好聽？」北御前反問。

「你可以說，很感謝我在外面幫你應付那些突然冒出來的親朋好友的祝賀，覺得我太辛苦了、實在太有義氣、又愛護小輩，所以特地為我做了一桌飯菜，聊表你的感謝之意。」說得，連仲奎一自己都感動了。

這樣說的阿北多溫柔啊。

「太違背心意了，說不來。」北御前回給他一個鋼鐵般的表情。

「……」這朋友還能做嗎？

另一邊。

「比賽好玩嗎？」特地坐在北御前和小玖中間，端木風笑著問道。

「滿有趣的。」尤其，其中還有幾個感覺上很有趣的對手。感覺她開心的心情，小狐狸默默抬頭看著她。

小玖立刻摸摸牠，以示——牠比較重要。

小狐狸這才默默又趴了回去。

「有受傷嗎？」端木傲在小玖另一側落座，關心地問道。

「沒有，四哥不用擔心。」她笑咪咪的。

「那妳和北叔叔在後院，都在做什麼？」端木風接著問道。

「休息、做飯、點評……然後哥哥們和大叔就來了。」小玖扳著指頭回道。

外面的客人，也沒有花哥哥們很多時間呀。

哥哥們很快就來了。

「剛才，本家也有派代表來，這個，是大長老要給妳的。」將剛才的錢卡，放到她手上。

小玖把錢卡用手指拎起來，甩了甩，再轉頭看四哥，「好像是……嫡系子弟該有的修練供給，十年份，都折算成金幣了，還多了不少。」總金額不少。

她這是，瞬間變成小土豪啦。

「多的部分，應該是給妳的獎勵。」端木風說道。當年他有拿到過。第一名。

「帝都大比個人賽得到名次的獎勵。」端木傲也說道。他也有拿到過。第二名。

「北叔叔，給你。」小玖一轉頭，就把錢卡交給北御前了。

「妳留著用。」北御前推還給她。

「但是……」

「養妳，與端木家族無關。」他摸摸她的頭。

所以不用她報答，也不需要端木家族任何東西與謝意；她好好的，才是北御前唯一放在心上的事。

「那我之後還給他們吧。」

「為什麼？」仲奎一好奇地問。

雖然不知道金額，但那錢卡，可是晶卡中的綠卡等級，百萬金幣起跳。對使用一銀幣就可以好好生活兩天的大陸人民來說，這可是一筆大大的鉅款。

「我是北叔叔養的。」

錢財，她不缺；北叔叔也不缺。別以為拿金銀示好，她就會忘記端木定灼的事。

「妳不打算回端木家了嗎？」仲奎一問道，但眼神卻看向北御前。

端木颪和端木傲，則看著妹妹，等妹妹的回答。

小玖乖巧地一笑，也看向北御前。

「等。」北御前開口。

「等什麼？」

「等他們對端木定灼的態度，也等他們給小玖的交代。」北御前和緩地一笑，看起來特別和氣。

不要以為北御前在端木家沒出手，就表示婚約一事到此結束。

他不出手，是給「他」面子，也是給小玖一個歷練的機會，讓她自己處理這件事，也給端木家族一個機會。

小玖的父母雖然不在，但她可不是任人稱斤論兩的貨物；順便提醒某些人也不要以為小玖還是個傻子，可以隨意算計。

現在，小玖已經表達出她的態度，接下來，當然就該他了。

期限，就等到帝都大比結束吧。

如果端木家不能給一個讓他滿意的「回答」，那麼端木定灼，他就親自處理了。

「你們覺得呢？」仲奎一又看向端木家兩兄弟。

說實話，仲奎一才不是這麼囉嗦的人。

在天魂大陸，他可是一名鼎鼎有名的煉器師，在煉器師公會還是掛著名的長老。

身分高著呢！

無論想做什麼事，不用他親自出手，只要放出一點風聲，多得是人幫他把事情辦好。

他無父無母，最親的是師父，真正算得上知交好友的也沒幾個，平常絕對不多管閒事。

師父說：「閒事是麻煩的最大根源，還是自找的；要是沒半點好處還得罪人，那根本是傻蛋才會做的事。

「當然，自家人不包括在這句話之內。」

他不僅是小玖的「仲大叔」，更是小玖的「二師兄」。

先不說護短不護短的問題，就說現在師父不在，身為師兄，要是眼睜睜看著師妹被欺負、自己一點反應都沒有……那不用等師父回來，他自己都要唾棄死自己了。

所以，他得管。

「三叔自然該給交代。」大長老或族長，也應該有所表示。

如果沒有……那問題就大了。

「三叔在本家的聲望不低，很可能成為下一任族長。」端木傲雖然也常在外歷練，但是在場三個「端木家人」相比，一個離開十年才剛回來、一個在十年中只回來兩、三次，他已經可以算是最了解家族內部狀況的人了。

「不只聲望，還有野心。」仲奎一覺得端木傲說的，實在太含蓄了。「他有實力、更有野心，不然哪會和陰家家主混得那麼熟？」

有實力、有野心，平常仲奎一會讚他一聲：有前途。

但是如果因為自己的野心而把主意打到小玖身上，那仲奎一只能說：對不起了，我們是敵人。

端木傲皺了下眉。

「三叔和陰家主是舊交，但在家族內部事務上，應該不會有什麼往來吧？」

「應該不會？那你以為，婚約的事是怎麼來的？」孩子，雖然正直是好品德，但也別太單「蠢」了好嘛！

端木定灼和陰家那個女人本來就有姦情──咳，有很深入的交情，有事互相幫忙挺正常的，尤其是，在爭族長之位這種事上。

陰家那個女人，野心更大著呢！

過去，陰家還是個三、四流的家族，但她能當上陰家主，可也是經過一番明爭暗鬥的廝殺，才順利上位。

然後在她手上，用兩百多年的時間，將陰家發展到現在的聲勢，直逼一流家族。

無論是男人還是女人，能用短短的兩百多年，將一個家族提升發展至此，就絕對不是一個簡單的人物。

難道你以為這樣的人，會是個凡事遵守禮義廉恥四維八德，對朋友講義氣、有便宜還絕對不占的那種聖人？

很巧的，端木家三爺，那也是個講求目的、不擇手段的人。

這兩位，一個想要家族之位、一個想要得好處順便將家族聲勢再往上帶一截，一拍即合得很哪！

端木傲無言以對。

「除了三叔，還有誰是族長的繼任人選？」小玖好奇地問。

「目前──沒有。」也可能有，只是沒人表現得像端木定灼這麼明顯。

「端木家族，是天魂大陸第一魂師家族，族長之位竟然沒人要搶?!」小玖和仲奎一震驚臉。

這不科學啊！

「族長是累活兒。」端木風一臉嚴肅，覺得這情況再正常不過了，他就絕對不想接任族長之位。

「族長現在修為高、實力高，以年紀而言，仍然算年輕，所以暫時沒有考慮繼任者的問題。」

小玖和仲奎一聽了，臉上的表情還是寫著：我不信、這不可能。

不過就算真有什麼事，那也是端木家族長和大長老要煩惱的事，跟他們兩師兄妹無關。

震驚一下就好了，也不必太認真。

「想當下一任族長，也要他有命才行。」北御前表情淡漠地喝了一口黑綠木的汁液後，說道。

這意思……

端木傲驀然看著他。

端木風倒是一挑眉，眼裡同樣有驚訝。

「你們做的，已經夠了。」

不，不夠。

因為家族倫理、因為輩分，除非不要「端木」這個姓氏，否則他們能對端木定灼做的反擊，其實很有限。

論身分，他們是嫡系，端木定灼同樣也是嫡系。

論修為，他們的天賦再高、晉級再快，現在也還及不上已經是七星聖武師的端木定灼。

在本家演武場上，端木風能藉一時氣憤和意氣，和端木定灼打了一場而不落下風，已經是極致了。

若是對戰時間再長一點，輸的人必然是端木風。

而端木傲是直接驚動大長老。

看似以卵擊石，其實都是兩人在緊急中思慮過後的舉動。

遇事毫無理智地硬抗，並不能解決事情，也幫不了小玖；小玖好，才是他們的目的，而不是只為了發洩不滿和氣憤。

「在這件事上，你們已經做得很好。」北御前看著兩兄弟，因為他們對小玖的維護，所以他多說了幾句，「如果你們為了小玖，想也不想就不顧一切槓上家族，那我才要擔心。」

「阿北。」仲奎一有點哀怨。

「奎一，你的用意我明白，但這不是給一句承諾，就能了結的事。」奎一的出發點，是為了替小玖多找到兩個愛護她的兄弟，得到他們一句承諾，希望即使面對家族，他們也有不顧一切護住小玖的決心。

「血脈親情，本就難以分割。不是真到生死決絕的時候，誰能真的下決心？」就算那時下了決心，之後也有可能後悔的。

但他——不會後悔。

「阿北……」仲奎一覺得有點不對。

本來在和小狐狸拉手玩的小玖也抬起頭，看著北叔叔。

他（她）是不是在阿北（北叔叔）的語氣裡，聽出……感傷？

北御前卻雲淡風輕，像什麼事也沒有發生般地一笑，對端木風和端木傲說道：

「修練，不只在追求晉級，還在內心。如果心裡有後悔或者遺憾、內疚等等，永遠把這些事放在心上，別人不知道，但是心卻會被困住，久而久之，就像一道枷鎖困住自己，那即使再有天賦的人，也會在修練的某個時候陷入停滯，無法突破。

「所以你們兩個不必勉強自己，也不必覺得應該做什麼。現在的小玖，有能力保護自己、為自己受到的欺負討回公道，你們應該更要注意的是，不要被小玖甩在後面才好。」

「北叔叔，我明白。」端木風灑然一笑，「我會保護小玖。」無論發生什麼事，都不會後悔。

端木傲什麼話都沒有說，只是看著小玖逗小狐狸，臉上漸漸浮現淡淡的笑意。

如同北御前所說：血脈親情，本就難以分割。

他不會預想任何決絕的可能，如果小玖和家族真的決裂，那麼，他只會順心而為。

雖是血脈，也有輕重之別，心之所向，身之所在。

沒能拐到兩人的承諾，仲奎一哀怨地看著北御前，「阿北，你對小玖真這麼放心？一點都不擔心小玖被誰欺負？」不想多幾個人保護小玖？

仲奎一非常懷疑。

這太不符合阿北「奶爸」的人設了啊！

阿北該不會被什麼附身了吧？還是在哪裡撞到腦袋了？

「當然不放心。」

仲奎一臉「這才對嘛」的表情。

「所以如果小玖傷了，我會讓那個傷她的人，加倍以上奉還。」

「……」明明沒用嚇人的語氣，但是就是讓人聽得很驚悚。

很好，這很阿北。

「那如果小玖自己已經報仇了呢？」

「小玖報她的，我討我的。」

「……」這是一個仇，要討兩次的節奏啊！

很好，這也很阿北。

仲奎一為端木定灼的未來默哀一秒鐘，但是偷笑三秒鐘。

「阿北，算我一個。我們雙人合併，一定能搞定那個心懷不軌的端木三爺！」仲奎一坐靠近阿北一點，笑咪咪的一副「壞事我們一起做」的好交情模樣。

對上聖階，阿北很吃虧。

不過沒關係，加上他，就算修階不夠，他可以煉器來湊！

「不要。你做你的，我做我的。」北御前不領情地回道。

又不是小孩子，這種事就不用手牽手一起了。

「我覺得跟阿北一起，比較有趣。」仲奎一不死心地說道。

「不要。」北御前無情地繼續拒絕。

「阿北，我們交情那麼好，你竟然對好朋友這麼無情？」這朋友真的是做不了啦！

北御前終於看了他一眼。

「你的身分，不適合。」煉器師公會長老去管別人家裡的家族事，會被公會裡的人找麻煩的。

他的。

「小玖被人欺負了，如果我什麼事都不做……不行！」仲奎一正色說道。別忘了，小玖可是他的小小小、師師師、妹妹妹呀。如果他眼睜睜看著小師妹被欺負什麼事都沒做，等師父回來，一定會鄙視他的。

「仲大叔放心，我不會乖乖被欺負的。」正在和小狐狸握手玩耍的小玖抬起頭，笑咪咪地說。

她又不是弱柳般的小白花，不走那種只會哭的可憐路線。

如果有一天真被欺負得只會哭，那不用等師父知道，她自己會先鄙視自己的。

「嗯。」北御前贊同地點點頭，又摸摸小玖的頭。

想起小玖在擂台上的表現，仲奎一默默語塞了。

好像……真的太杞人憂天了點兒，小玖悍成這樣還能被欺負……他剛剛是哪裡想錯了？

「我還記得，以前小玖乖乖巧巧、很聽話的模樣……」他和阿北認識十幾年，小玖也是他看著長大的。

看著現在的小玖，絕對想像不出，以前小玖的模樣。

「是呆呆的樣子吧！」小玖吐槽自己。

北御前：「是乖巧。」

端木風：「是聽話。」

端木傲：「是可愛。」

三個人跟三重唱似的，一個接一個，就怕安慰得晚了，小玖會傷心。

小玖：「……」

那個……她其實並不傷心，不用安慰沒關係的。

仲奎一也一陣無語。

雖然想保護小玖是應該的，但是小玖也沒有脆弱成這樣吧。但是看著這三人滿臉認真的表情……算了，他們高興就好。

至於端木家族，其實好像也不必太擔心。

小玖就算離開端木家族，還有他這個師兄在呢！不管端木族長想做什麼，他總能護住小玖，這就可以了。

吃飯吃飯。

阿北的手藝很不錯的，雖然是「殘羹剩菜」，也很可口。

吃完飯菜，再搶阿北的「黑白綠木水」來喝，很好、很滿足。

「四哥、六哥，快吃呀。」小玖提醒道，不然仲大叔要把飯菜都吃光光了！

「嗯。」端木傲點頭。

「嗯。」端木風拿起筷子。

兩聲「嗯」，端木風與端木傲同時開吃。

就在三個大男人默默且快速吃飯的時候，秦肆來了。

「四少、六少、九小姐，兩位大人。」

「有事？」北御前問道。

「剛才煉器師公會有人來傳消息，皇室對陰月宇的處分已經決定；另外，團體賽的比賽規則，可能會改變。」

「改規則？」三個正在吃飯的男人同時停頓，抬起頭。

再不到三天就要比賽，這個時候改什麼規則？

# 第五十九章　更改規則，帝都罵聲

「改成什麼？」北御前再問道。

「團體賽的比賽地點，不在城外的競技場，可能會改在神遺山谷。」秦肆回道。

「神遺山谷？」北御前、仲奎一、端木凪、端木傲四人同時一皺眉。

「神遺山谷？」小玖一臉問號。

但是在場五個男人，沒有一個立刻回答她。

「我去公會一趟。」仲奎一立刻起身往外走——順便把阿北剛倒滿的綠木汁液給「順手」帶走了。

北御前：「……」不要以為他沒看到。

因為對小玖的「缺乏常識」太有體會，端木傲已經開始針對「新地名」進行解釋，先說明位置，「我們回帝都的時候，是從帝都以南，通過樹海，由東城門進入帝都大門；神遺山谷的位置，是在樹海的另一頭，位於帝都東北方，距離大約三百里的一處大山谷。」

北御前接著說道：「帝都周圍的樹海、山谷，都是傭兵作任務、各個家族子弟歷練常去的地方。這些地方，大部分是開放的，任何人都可以隨意進出，但有少部分地方，是某些家族的私人領地，非經允許，其他人不能進出。」否則，就等於是對那個家族宣戰。

這也相當於是各家族各自圈自己的地，圈大圈小，就看各家族的實力。

端木玖點點頭，表示理解。

端木傲接著說道：「神遺山谷，傳說是上古時代留存至今的古遺跡，從數千年前開始，入口就一直由皇室管轄，平時不允許任何人進出，但卻又不算是皇室的私有領地；根據以前流傳下來的規矩，神遺山谷百年一開，要進入的人，有人數限制、也有條件限制。除此之外，必須有目前七方勢力之中過半同意，才能開啟。」

天魂大陸目前七方勢力：夏侯皇室，端木、公孫、歐陽三大家族，煉器師公會、傭兵公會，與商會。

「上古遺跡？」聽起來，很高大上。

「我聽族長和長老們說過，神遺山谷裡，有危險、也有機遇。但最危險的是，即使經過數千年的探索，他們所知道的地方，可能也只是整個神遺山谷其中一個角落而已。」

端木玖若有所思。

「神遺山谷，沒有範圍嗎？」

「只有入口，不知盡頭。」端木傲點頭，肯定地說道。

「那山谷外圍？」

「一片模糊。即使人進去了，也會在裡頭迷路，然後又走出山谷外圍。」端木傲也曾經在外圍探查過，結果就是——根本無法進入。

聽起來，就像是有個入口，讓人一進去，就連結到不知道哪裡的異時空……該不會是什麼陣法吧？

「神遺山谷……呵呵。」端木風輕笑一聲。

北御前、端木傲、小玖都看向他。

「我想，這應該是陰家的主意。」

「陰家？」端木傲先是沉思，然後，大概明白了。

端木風也不賣關子，直接對北御前和小玖說：「這幾年在外面歷練，我聽說過一個傳聞：這幾年，陰家的家主一直想進神遺山谷，她和皇室溝通過好幾次，但是都被皇室拒絕了。」就算陰家主用魂器交換，想換得進山谷的機會，皇室還是拒絕。

「一場全大陸都重視的人比的場地，可以說換就換嗎？」小玖好奇地問。

「當然不可以。但是陰家主親自出馬……」

陰家主，在很多時候，是不達目的，不擇手段地一招接一招，直到目的達成為止。而她最可怕的一點，不是在於陰氏家族有多少實力，而是陰家與其他勢力的「關係」有多好。

帝都大比的規則，也是少數服從多數的。所以，團體賽的比賽方式，大概是改定了！

◈

仲奎一從公會回來，臉色很黑。

這是一向開朗又愛笑的仲大叔，臉上第一次出現這麼生氣的表情。

狠狠灌了一杯黑綠木的汁液後，滿嘴苦味，臉也苦得皺在一起了。

喂喂喂，他幹嘛自虐啊！

不過，嘴裡的苦味散了，心裡的怒火好像也跟著苦味散了一點點，不會氣得說不出話了，但還是很火大。

「仲大叔，不氣不氣，萬一你氣昏了自己，可是惹你生氣的人還是快快樂樂，那你很虧的。」小玖很勤勞地把他的空杯再倒滿，順口安慰道。

「……」這安慰一點都不能讓人消火，反而讓人更火了。

仲奎一深深深呼吸三次，不氣不氣，再氣也沒用。

「煉器師公會，已經不是煉器師公會了。」會長，完全聽陰家那個女人的，一點主見都沒有。

「到底怎麼回事？」北御前問道。

「都是陰家那個女人搞的鬼。」

這個女人做出來的事，簡直讓仲奎一要目瞪口呆了。

臨時改規則，說得簡單，實際操作起來，可不容易。

首先，七方勢力並不是擺設。

要改規則，得經過七方共同決議，少數服從多數。

但是誰知道，問題就出在這裡。

一開始，夏侯皇族公布對陰月宇的處分：

第一，陰月宇必須卸下煉器師公會長老身分。

第二，十年內不得再擔任任何大比的評委，並且，他本人亦不得參加大陸上任何比賽。

消息才發送到陰家，陰家家主就來了。

「……她一來，先是代表陰家，接受皇族對陰月宇的處分，也對陰月宇違反大比規則的行為表示歉意。接著，她就提出要改變團體賽的比賽方法。以四比三的一票之差，成功改變團體賽的規則。」仲奎一邊說著，還是覺得好氣。想揍人！

北御前開口：「陰家並不是七方代表之一。」所以陰家主應該沒有資格對大比提出任何改變的建議。

「對，陰家不是。但是『陰月華』是煉器師公會的副會長。」說到這點，仲奎一簡直對某些高手們的審美觀絕望了。

也不知道陰月華是怎麼做到的，在處分陰月宇的消息發出來後一個時辰內，她就已經抵達帝都。

接著在煉器師公會中，幾乎百分之七十的長老都很支持她，所以她很順利就取代陰月宇，成為煉器師公會在大比中的代表，再去參加團體賽會議中，就提出改比賽規則了。

仲奎一知道這種結果，就心塞地先回來了。

他一點都不想看見陰月華那個女人，覺得會眼睛痛！

北御前若有所思，開口道：「小玖，比賽前，妳好好修練，誰來都不要見；阿風和阿傲，不管誰來拜訪、要不要見，由你們兩人決定。比賽改在神遺山谷，我和奎一會盡量將需要的東西準備好；這兩天，你們盡量別出門。」

大比規則一改，帝都肯定要鬧翻天。

◈

要更改規則，必須有七大勢力過半同意。

據說，原本的比數，是四比三。

不同意改變規則與同意改變規則的，分別是夏侯皇室、端木家族、公孫家族、商會，對煉器師公會、傭兵公會、歐陽家族。

但是當陰月華提議將比試地點改在「神遺山谷」時，商會就在下一輪的投票裡，叛變了。

商會會長當場差點被夏侯皇族、端木家族與公孫家族的三名代表瞪到頭頂被雷劈。

即使後來事情成定局了，還是被拉到一邊去拷問道：「說！為什麼同意?!難道你也被陰月華迷住、看上她了?!」皇室代表兇巴巴地問。

「沒有，你想到哪裡去了。」商會會長還嫌這代表大驚小怪，完全沒有一點「皇家氣質」。

「那你為什麼叛變？」代表繼續兇巴巴。

改個規則要多做多少事他明白嗎？

而且還是這種臨時改規則，要準備、要勘查場地、要協調各方、要通知所有人——尤其是參賽隊伍。

這是多大的工程你知道嗎?!

等你能眼也不眨地、不嫌苦不嫌麻煩地將這些事做完，再來跟他討論什麼叫做「皇家氣質」。

「因為『神遺山谷』。」

「神遺山谷?!」皇室代表眉頭一攏。

「我年輕時闖蕩大陸，有幸進去過一、兩次，一直對神遺山谷很好奇、也很想念；現在剛好有機會，當然要讓我家裡的小輩們，也去開開眼界。」商會會長完全是為小輩們著想。

一片拳拳的慈愛之心。

神遺山谷，百年一開。可不是想進去就能進得去的，現在有這種機會，他當然不能反對，要同意呀。

如果不是身分不允許，會長大人自己都想混進山谷裡……

太可惜了。

至於麻煩、大工程什麼的，會長大人表示，那不是他的工作，他就沒必要弄得太清楚了。

所以，絕對不是什麼「為美色所迷」。

他是那麼膚淺、那麼容易被迷住的男人嗎?

請不要隨便破壞他的名譽，他可是有老婆、有兒子的人，清白名聲很重要的！

「少來！」皇室代表才沒那麼輕易被他唬住。「你為小輩們著想可能是真的，但我不信你會就沒看出，陰月華別有目的。」

「是看出來了呀。」沒看出來也猜得到。
「那你還同意?!」
「你知道她想做什麼嗎？」會長反問。
「……不知道。」
「那不就結了。」會長理所當然地說道：「沒有請君入甕，你怎麼能知道她想要的是什麼？」
「這太冒險了！」
「不入虎穴，焉得虎子。」會長一臉嚴肅。
為了揪出某些人的狐狸尾巴，冒點兒險是必要的。
「……」皇室代表暴躁得想揍人！
什麼「冒點兒險」？
這是拖著全大陸的人跟他一起冒險！
大家都一點兒，全部加起來也是很大的一個險好嗎？
「我覺得，你現在與其在這裡跟我討論已成定局的事，不如拿這個時間，去做點兒有意義的事。」會長建議道。
「什麼有意義的事？」皇室代表白他一眼。
「獎品。」
「獎品？」不是本來就有了嗎？
商會會長見他這臉呆樣，實在好想嘆氣。
「改規則，是煉器師公會提出來的，還強硬通過，這種行為實在是太囂張了。

為了不讓陰月華太高興、太得意，你應該以主辦方的身分，要求她代表的那一方得多出幾份獎品，以平息眾多參賽隊伍的憤怒。」

「……」真是說得好有道理，不愧是天魂大陸最大商會的會長，這不吃虧的生意手段，絕了。

皇室代表雖然鄙視這滿身銅臭味的會長，但不得不說，這建議真是相當實際。當下決定，無論如何一定要去要到獎品，叫煉器師公會出出血！

只不過，想到接下來因為改規則必須得做的事、還有來自各方的反應，皇室代表還是覺得頭很暈、呼吸困難需要被搶救。

看著商會會長，還是好氣。

但是會長大人對現在這決議，可滿意了。

沒有捨一點本錢，怎麼能得到自己想要的？

所以，別抱怨啦！還是趕緊想辦法把消息放出去，務求在最短的時間內，宣揚得天下皆知。

這麼一來，帝都一定會更熱鬧的。

他拍拍皇室代表的肩，說了好幾句非常高大上，勉勵他能者多勞、大公無私、才能卓越、為人群服務的讚美話語後，就微笑地離開了。

被留下皇室代表瞪著他的背影，總覺有哪裡不對。

他是不是被坑了？

◈

如商會會長大人所料。

帝都大比團體賽規則更改的消息一傳出來，整個帝都就跟著炸了。

全帝都大大小小的酒樓、店鋪、大街小巷，全都在議論這件事。

所有接到消息的各氏家族、各種公會、各個大大小小報名參賽的隊伍們，都懵了。

各個傭兵隊裡大大小小、老老少少的傭兵們更是各自齊聚一堂，談論這件事的優劣，順便一起罵人。

尤其是各個酒樓、各種人士常出沒的地方，更是吵吵嚷嚷，這邊呼那邊叫，送菜和接單的小二們忙得簡直要飛上天！

「只剩三天……不，是只剩兩天就要比賽，現在告訴我們，規則改了？」聽到消息的人，滿臉不能相信的表情。

而且，不只是比賽地點改了、比賽方式改了，連團體賽隊伍的人數規定，也改了。

從原先最少兩人、最多十人，改成最少兩人、最多二十人為一隊。

開玩笑的吧！

就算一個隊可以比較多隊員了，但是只剩兩天就要比賽，這是要去哪裡找人來湊?!

本屆主辦大比的家族，是夏侯皇室。

皇室辦事能不能靠譜點兒?!

要不是還有點理智、又沒時間了，他們真想去皇宮丟雞蛋抗議！這搞得是什麼鬼嘛！

負責忙這件事的皇室代表終於發現，他真的是被坑了。

他要忙的事，何止是通知參賽者、更動場地與調節相關人員而已，這些已經都是小事了。

他最大的麻煩，是應付不停來詢問兼抱怨還要罵一下的各方勢力們！

偏偏他還不能罵回去。

最奸商的某會長，給他記住！

夏侯皇室也很無奈。

主辦雖然是他們，但是決定——是七方勢力的共同決定好嗎？不是他們說改就改的。

真正不靠譜的，是那些投贊成改變規則的家族和公會好嗎？

但是，誰想那麼多?!

公布規則的是皇室、負責舉辦的也是皇室，不罵皇室還能罵誰？

而皇室的反應呢——

直接把多了五樣獎品的消息公布出去，並且讓參賽的隊伍在比賽時間前一個時辰，準時到帝都東北方三百里處的山谷報到，其他一律不予回應，鬧事的就直接招待

「皇家貴賓室」一遊。

罵得很順口的眾家子弟及參賽隊伍們：「……」

他們……不太想去觀光，謝謝招待。

不過，獎品變多了！

神遺山谷?!

這兩項消息一出，帝都又炸了。

只不過這回，是高興炸的。

獎品多，好事啊！

而且還都是魂器……

「煉器師公會真大方。」

魂器好貴的啊！

好的魂器更是大部分賺一輩子、做任務做一輩子都買不來，現在能有機會免費得到，大家還不得卯足力氣去爭搶！

尤其是，這次團體賽，比試方式並不是擂台賽。

而是進神遺山谷。

神遺山谷，自來危險與機遇並俱。

論危險，是真的比擂台賽危險，被打了、被偷襲了，受傷了、死了，除了自認倒楣，實在沒什麼好找回公道的。

但是，山谷裡有魔獸、有天材地寶，還有機會撿便宜，而且——傳說中遺跡誰知道還會有什麼好物，總之，誰得到就是誰的。

這絕對是拚運氣呀。

沒有顯赫的背景、沒有強力實力的參賽者們，頓時覺得——春天來了！

「所以，我們也有可能拿到排名第一的那個獎品呀……」聽到消息的小傭兵一臉夢幻，後腦勺就被拍了一下。

「第一那麼好得，老子還能留在這裡？」剛好聽到這句話的老傭兵真想多拍幾下，把小後輩的腦袋給拍醒。

沒事多修練，少作白日夢。

「我、我就是想想。」小傭兵憨憨的。

老傭兵看著他，一臉不忍直視。但還是要安慰自己：帶到這種後輩，總比帶到滿腦子鬼主意，不只坑自己、更會坑隊友、必要時還會加捅一刀的後輩來得好。

不管怎麼說，獎品增加了，就是好事。

於是，大家讚美煉器師公會的大方。

煉器師公會熱心大陸事宜，提攜大陸年輕一代魂師的高大正面形象就出來了。

大家瞬間就忘了，平常煉器師公會的魂器賣得死貴、三星魂器師就跩上天、想請他們煉個器至少得付出三倍以上煉材的代價與報酬……讓他們嘔得半死氣得半死罵得半死這回事兒了。

這波好感度刷得，煉器師公會的聲望都快上天了！

但不到半天的時間，老傭兵們就有人帶回新消息，確定獎品的事。

「煉器師公會這次真是……做得太好了，比出爾反爾的皇室，簡直好了不知道多少倍——不對，是皇室怎麼能和煉器師公會比？根本沒得比好嗎？」還沒聽到新消息的人，簡直用生命在誇讚煉器師公會。

「煉器師公會好、煉器師公會讚，煉器師公會，才是天魂大陸上，第一名的公會！」什麼家族、什麼皇室，完全不能比！

「煉器師公會真是太讚了！」旁邊有人繼續附和。

「哼！」

發出「哼」聲的人，以「你們這些愚蠢的傭兵們」的眼神，蔑視地看了他們一眼。

「你哼什麼？煉器師公會無償多提供五件魂器作為本次大比的獎品，難道不值得我們讚美、感謝一下嗎？」被「哼」了一聲，直爽的傭兵立刻反聲質問，一副「你要是沒給我一個好理由別怪我揍你」的架式。

「你們這些愚蠢的傭兵們」的眼神不變，哼一聲的人反問：「那你知道煉器師公會為什麼肯多拿出五件魂器做為獎品嗎？」

「這……這……當然是因為……因為煉器師公會仁義，愛護大陸上的魂師……」剛剛還滿滿稱讚的發熱腦袋漸漸不熱了、神智就回來了，於是愈說愈小聲、愈說愈心虛。

再說下去，太違背良心了，他開不了口。

以煉器師公會近百年來的行事風格，完全想不出他們的行事作風有哪裡和「仁義」、「愛護」這兩個詞有關係。

跟「無利不起早」、「沒錢滾回去」、「囂張跋扈」、「恃強凌弱」這幾個詞比較有關係。

大陸上隨便拉個人來問：你有看過煉器師公會做過無私、仁愛的事嗎？

有啦，在……很久很久很……久以前……

百多歲以下的魂師、武師們完全不知道的時代，那以前的事。

那時候的會長和公會長老們，完全不是現在的這些人。那些人現在——死的死、失蹤的失蹤、隱姓的隱姓、埋名的埋名，想起來就令人唏嘘不已。

「……唉！」老傭兵們齊齊嘆了一口氣。

小傭兵們：「……」

就算他們說錯話，「誤會」了煉器師公會的品德，他們……只不過是一時想岔了，被事情的表面給騙了，應該、不算、什麼大罪過吧？

前輩們不用嘆氣嘆得這麼大聲吧？

「你們呀，仔細想一想，這世上有天上自動掉好處下來給你們的好事嗎？」老傭兵們嘆完氣，感傷的心情一收，繼續教育這些年輕的後輩們。

小傭兵們，齊齊搖頭。

「煉器師公會之所以肯多出五件魂器為獎品，是因為——團體賽之所以改規則，就是煉器師公會代表強硬主導的，所以他們理虧，這才在皇室代表的堅持下，不得不多提供五件魂器做為團體賽的獎品。」一方面平息反對方的怒火，一方面也是賺點好名聲。

小傭兵們恍然大悟。

「竟然是這樣……」所以他們完全罵錯人了。

要罵的，是煉器師公會；要感謝的，應該是夏侯皇室。

「懂了吧？」老傭兵們問。

「懂了懂了。」小傭兵們乖乖點頭，但還有疑問：「煉器師公會，有這麼大的權力，可以改變帝都大比嗎？」

「當然不是只有煉器師公會，只不過公會代表提議後，在投票時，得到多數支持，所以就改了。」

「那麼多人贊成改方法?!」小傭兵們又懵了一下。

那些會長級、族長級的大人們都對之前的比賽方式那麼不滿嗎？

不滿的話，一開始可以改了呀！幹嘛整這一齣臨時變卦，弄得全帝都上上下下，人心惶惶。

「當然不是大部分人都贊成，但是煉器師公會有一個很厲害的長老，她一出面，自然就會有人願意支持她。」

「是誰？」

「陰家主。」

「喔～陰家主啊……陰家主?!」小傭兵們臉色一正。

陰家家主，名聲赫赫。

在天魂大陸上，她是少有的女性家主，而且在她手上，把家族聲勢帶得蒸蒸日上。

她不但年少成名，而且她本人還是五星煉器師，同時又是一個九階聖魂師的超級高手。

人美豔、實力強大，完全是一副讓人崇拜敬愛的配備。

但是，跟以上那些名頭同樣掛在她身上的，還有一個，就是：美男殺器。

長相跟「美男」兩個字完全搆不上的小傭兵們趕緊煞住自己的腦想像，速速轉回原本的話題。

跟比賽與獎品相比，八卦傳聞退散，退散！

差點忘了，陰家主還有一個很重要的身分，就是身兼煉器師公會的長老；在公會裡她的聲望很高，連公會長都很重視她的意見。

對小傭兵們來說，「陰家主」這三個字，代表的就是一個可遠觀但千萬不能太靠近的身分——家主大人。

一族之長、實力高強、高階煉器師、公會長老、作風強勢、逆她者非死即傷；她的丈夫……很多個，兒女……也很多個……

眾人一抖。

這樣的人，他們惹不起。

而這其中是不是還有什麼他們不知道的事……他們完全不敢想像，也想像不出來。

就算知道把比賽規則改得亂七八糟的人，是陰家主，他們頂多，就是背後罵罵，完全不敢做什麼。

老傭兵們諄諄教誨：「你們哪，真是太年輕了。以後要記得，無論你們遇到任何事，不要只想到可能會得到的好處，也要去想想，這些好處從哪裡來、怎麼來的、值不值得去爭取……這天下，可沒有白得的好處。」千萬不要隨便就被眼前的利益給迷花了眼，完全忘了判斷背後的真相。

小傭兵們乖乖受教。

一天之內，夏侯皇室從眾人罵，變成眾人同情。

這也算……扭轉形象了吧！

站在二樓迴廊轉角的男人，在聽到輿論風向完全轉變之後，滿意地朝底下點了點頭。

「哼」一聲男人一看，就悄悄離開現場，深藏功與名。

而站在二樓的男人見狀，同樣一轉身，人就不見了。

# 第六十章　集體作弊

帝都內城區，仲奎一宅邸。

不請自來的夏侯駒被帶到客廳後，看到茶几上擺的食物，就很自動地自己倒茶水喝、拿點心吃。

端木風、端木傲兄弟一來，就看到他這麼一副回到自己家的悠哉模樣——幸好仲大叔不在這裡，不然肯定要抓狂。

夏侯駒這一杯接一杯、乾杯又乾杯的喝法，再一手不斷拿點心吃的姿態，完全是在糟蹋仲大叔的茶啊！

「你怎麼來了？」端木風坐下來，連忙把茶壺搶回來——來不及了，夏侯駒已經把整壺茶都喝完了。

端木風忍不住看了他——的肚子一眼。

「處理麻煩，來喘口氣。」想到他忙和一整天的事，夏侯駒嘖了一聲，然後就注意到他奇怪的眼神，「你在看什麼？」

端木風一本正經，「你是剛從沙漠裡跑了一圈回來嗎？不然這一整壺茶灌下肚，還不得變成『水肚』？」

「水、水肚?!」夏侯駒瞪著他，腦袋有點當機。

這兩個字，聽起來就是一顆很大的肚子，手掌一拍，還會「膨膨」兩聲的感覺。

他的肚子……水肚……

暗暗握拳，深呼吸一口氣。

好朋友，原諒他言多必失，不要太計較。

好朋友，原諒他言多必失，不要太計較。

好朋友，原諒他言多必失，不要太計較——才怪！

「你才水肚！」夏侯駒差點掀桌。

這哪門子的形容?!

他的肚子平得很、結實有力，才不是一拍就「膨膨」兩聲的大水球好嗎？

這兩個字跟他威猛英武的形象有合嗎?!有合嗎？

「你一進門就直灌水，我只好這麼想啊。」端木風一臉無辜，表示他這完全是正常的推理好嗎？

「……」是完全錯誤的推理！

「等等，我好像形容錯了。」端木風突然道。

夏侯駒立刻看著他，心裡頓生安慰感。

阿風總算沒忘記他們兩人的交情，知道自己不應該用這麼不符合他正直光輝瀟灑帥氣形象的形容詞來形容他了，他真是——有點欣慰……

「也許我應該說是『圓肚』？『大肚』？『凸肚』？」端木風一臉深思的表情，像在衡量哪一個詞比較適合。

他沒忘記阿駒可是一手茶、一手點心，狂往嘴巴裡塞的呀！

雖然這樣形容，聽起來阿駒的吃相很粗俗。

但事實上，在外面再怎麼混，夏侯駒本質上也還是個皇子，皇家禮儀深入言行。

雖然吃得快又不符合細嚼慢嚥優雅姿態的禮儀標準，但是看起來的樣子也絕對不粗俗。

……他實在欣慰得太早了。

夏侯駒臉上安慰的表情，龜裂了。

「六弟，別鬧了。」端木傲在另一邊坐下來，重新換一壺茶，還附上三盤點心。

這舉動，讓夏侯駒眼神一亮，伸手就開吃。

「還是阿傲夠意思。」順便瞄了端木風一眼。

看看、看看，要多學學阿傲，才不會變成討人厭。

「嘖！」端木風慢悠悠地拿出兩袋肉乾，慢悠悠地分了一袋給自家兄長。

夏侯駒看著肉乾。

我的呢？

「我嘛，比較不夠意思，肉乾就我自己吃了。」端木風笑咪咪，當場又咬了一塊。

「小玖做的，好吃！」

「……」這絕對是報復。

夏侯駒眼明手快地從端木風手上搶了一塊，立刻塞進嘴裡。

「好吃！」一塊不夠。

端木風看著他，笑得一臉善良。

夏侯駒再出手，端木風的手先一步移位；夏侯駒再搶、端木風再移位，兩個男人就著一包肉乾，東搶西閃南拐北擋地動起手來，雖然沒站起來，但是四隻手的交鋒就空氣中發出「咻咻咻」的聲音，旁觀者只看見一陣晃來晃去的虛影，看不見手的形狀。

端本傲淡定地坐著，完全沒有「勸架」的想法，只把自己的點心盤和茶拉過來一點，免得被波及。

好一會兒，兩人終於打膩了。

夏侯駒只搶到幾塊，怨念地瞪了端木風一眼，再瞄了端木傲一眼。

「阿傲，你變了。」

端木傲喝茶的動作一頓。關他什麼事？

「以前遇到這種狀況，你都會勸的，今天完全沒有理我。」他這個客人，被主人家欺負了呀。

「這不是你和六弟的打招呼方式嗎？」端木傲疑惑地反問，臉上的表情是一本正經。

夏侯駒：「……」

「我不好意思打斷你和六弟打招呼。」端木傲語氣純良。

夏侯駒：「……」

他和阿風每次見面，的確常常「先打在一起」，他們一向對別人說，這是兩人在「打招呼」，不這樣不足以顯示見到對方時內心高興萬分的心情。

但是、但是，這次不是啊！他很認真要搶肉乾的。

雖然，他沒搶贏。

比起阿風，手上功夫不是他的強項，論手速也比不上以速度為強項的阿風，本來還指望阿傲「正義」一下……

「阿傲，你的正義感到哪裡去了？」

「我只是配合你們。」端木傲一臉嚴肅樣，但是喝茶的姿態——根本像在看戲。

夏侯駒無語凝噎，覺得自己可憐極了。

「你們竟然聯合起來欺負我，太、太、太沒有朋友愛了！沒義氣！沒良心！」

絕對需要被嚴肅地譴責！

「你還會被欺負?!」端木風的表情比他還震驚。

夏侯駒：「……」

好吧，一個大男人喊著自己被欺負什麼的，實在有點……難以形容，但是搶不到肉乾吃，還不允許他喊一喊委屈嗎？

「好了，別說笑了。」端木傲先制止一下弟弟，才問道：「你怎麼來了？」

「外面的情況現在穩定一點了，我才有空偷閒一下。」夏侯駒笑得牙齒白白。

「辛苦了。」雖然這一天以來沒出過門，但是外面會有什麼樣的傳言，端木傲大概想像得到。

「真的挺辛苦的。」夏侯駒點點頭，很理直氣壯地領下這句慰問了。

從變更團體賽的消息，到現在不滿一天，但是他已經領著皇家護衛隊，招待不少人進「皇家私人招待所」。

要不是後來消息導正得及時，他現在說不定還和護衛隊在帝都各個大街小巷、大酒樓小客棧地到處抓人。

原因是：藐視皇室，擾亂帝都秩序。

老實說，不抓不知道，一抓才發現，趁亂想作怪、或者趁亂想做些什麼事的人，還真不少。

「……雖然皇室不是晶石，人見人愛，但是我一直認為皇室在大陸上的口碑和聲望應該還是不錯的，結果……唉。」被一搧動就搗蛋的人還真不少。

想到他還得去設計導正輿論方向，夏侯駒就覺得哀怨。

他討厭很花腦筋的事，一定都不如在外面歷練來得瀟灑恣意。

「這不是正好？」端木風喝一口茶。

「正好什麼？」

「正好讓你打發無聊的帝都生活，活動一下想找人打架的筋骨，身心舒暢、精神百倍。」再咬一口肉乾，順便把話說完。

看看從個人賽開始前到現在，至少三天沒闔眼的夏侯駒，看起來依然神采奕奕。

這哪有半點辛苦、哪有疲累的模樣？

「呃……」雖然是實話，但是不要把他說成好像一回帝都就無聊得只好找人打

HAPPY READING

# 讀樂

2022.03

皇冠文化集團
www.crown.com.tw

欲知更多新書訊息
請上皇冠讀樂網

喜歡是希望得到迴響，
愛卻是永遠念念不忘。

# 我在人間拾溫柔

伊芙——著

當這個世界的寂寞將你推倒，你所缺少的，由她來填滿。
癒傷系作家伊芙細心揀拾的溫柔片刻，
細說如何橫渡愛情中的眼淚與挫傷。

在愛人的路途上，有太多被我們遺落的東西，比如帶著稜角的性格、愛人時的耐性與肆意生長的寂寞。或許你一直以為這是再也不配拾獲真心的烙印與罪證，但請相信，這些遺落，原來都是溫柔的另一種輪廓。伊芙悉心描摹關於愛情的百般模樣，從愛人之前的忐忑，愛情中途的磨練，到最後迫不得已的分開。假如時光逆流，那麼當初在生命中的種種遺失，即是我們此時此刻的拾獲。於是才終於明白，分離是起點，流浪是歸途，相遇即是重逢，而我們的相愛，就是注定。

製造出怪物的，究竟是誰？
也許，每個人都是共犯……

# 徬徨之刃

【全新版】

東野圭吾——著

日本狂銷突破170萬冊！
三度改編拍成電影，日劇版重磅推出，
由竹野內豐領銜主演！
東野圭吾最具爭議性的作品，

# 孫子兵法
## 教你亂世中的生存之道

胡川安——著

最深入透徹的思考＋最切合生活的實例，
教你用《孫子兵法》學處世、悟職場、看人生，
成為新時代屹立不搖的領導者！

人生，就像是一場漫長的戰爭，我們都渴望勝利，都想要完成自己的夢，但面對詭譎多變的情勢，學會應付變局、權衡利弊，才是我們得以勝出的核心競爭力。
從學校到職場，從政治到社會，從歷史到人性，胡川安以文學家的精煉文筆和史學研究的宏大視野，融合當今國際情勢、生活時事，並透過現代管理學的先進思維，為這部全世界最知名的兵學寶典注入全新的血液。不但是了解《孫子兵法》的最佳入門，更是你在大疫情時代，突破人生困局的致勝關鍵！

所有的失去或告別，都不可惜。
謝謝我，成為了我。

# 我，這樣就很好

**不知道自己有多美好的我，**
**最需要的暖心抱抱**

趙有美——著

韓國狂銷80刷，銷量累計超過16萬冊！
百萬讀者共感淚推！
只做你的「心靈奧斗」，擁

受歡迎的人
都懂的「換句話說」圖鑑

大野萌子——著

甫出版即狂銷40萬本！日本電視台、富士電視台、
NHK、產經新聞、週刊文春等
各大權威媒體爭相介紹！

「語言」是很可怕的東西，同樣意思的一句話，可以讓人充滿朝氣
也可以使氣氛跌到谷底。想建立良好的人際關係，就必須學會「
話說」的技巧。本書由專業職涯諮詢師執筆，彙集超過20,000個
經驗，針對「問候、請求、拒絕、誇獎、答覆、訓斥」等15種
活中最常見的對話情境，詳細列舉141個溝通實例，幫助你有
「沒必要說的話」，並將其轉化成「更得人疼的好話」。就讓
把話說進對方的心坎裡，成為人見人愛的說話高手！

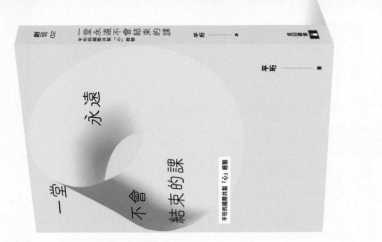

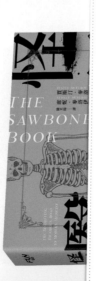

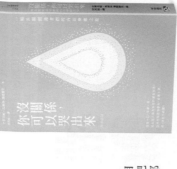

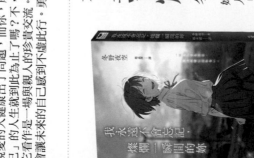

架，以免太無聊的那種紈袴啊！

「我是很有身為皇子的榮譽感，努力為皇室解決煩憂、為帝都的安寧貢獻力氣。」夏侯駒為自己辯解。

端木風立刻拍手鼓掌，對他豎起大拇指，「好棒棒！」

「……」為什麼被稱讚了反而更心塞了？

夏侯駒鬱悶地連灌三杯茶。

一定是阿風稱讚得太不誠懇了。

這朋友太不盡責了，連稱讚都不用心。

年輕時候的他眼光一定哪裡有問題，不然怎麼會認為阿風是個值得交的朋友，從此從聞名變成知交？

唉！一失足成千古恨。

眼光不好這毛病，真是讓人連想找個背鍋俠都覺得良心會痛，只能怪自己。

話說回來，像他這麼正直這麼有良心不隨便遷怒別人的人，已經很稀有了，應該值得被稱讚。

嗯，沒錯，就是這樣。

於是夏侯駒從鬱悶、心酸、振作，到變成自得地抬頭挺胸，那表情變化得真是太明顯了，讓端木傲和端木風想裝成看不懂都不行。

於是，拍完手的端木風很誠懇地補了一句：「但是，就算是榮譽感，也改變不了『找人打架讓你精神很好』的事實。」這絕對是只有交情好才能分辨的事實。

一般人只看到夏侯駒爽朗好相處、全心修練提升實力的一面，絕對不會想像，他也是個戰鬥狂人。

戰鬥使他愉快、戰鬥使他心情好，戰鬥就是夏侯駒最好的運動！

「阿風，人艱不拆呀。」夏侯駒橫他一眼。「巡邏和抓人，真的辛苦的。」嘆氣。

端木風想了一想，點點頭。

「的確滿辛苦的。好吧，那給你多喝一杯茶。」

夏侯駒頓時受寵若驚。

「整天在街上走來走去晃個不停的，的確有點辛苦。」

「……」為什麼正經的巡邏、維護帝都治安的行動，被阿風一說出來，就像無所事事的混混在街上亂亂走？

「那你晃了那麼久……」

「巡邏。」夏侯駒糾正。

端木風默了一下。

「那麼講究細節？」

「當然。不然被小玖妹妹聽見，以為我是不良人士怎麼辦？」形象很重要。

「小、玖、妹妹？」端木傲和端木風同時出聲。

「對呀，小玖妹妹。我還沒親自對她說聲恭喜。這兩天我也聽到很多人讚美小玖妹妹、崇拜小玖妹妹，說她是大家努力的典範、秒變天才的最佳代表。」夏侯駒東張西望一下。「咦，小玖妹妹呢？不在嗎？」沒看到人。

端木風：「不在。」

端木傲：「在閉關。」

兩兄弟同時回答，但是答案不一樣。

對望一眼，同時更正答案。

端木風：「在閉關。」

端木傲：「不在。」

夏侯駒：「……」

笨蛋都聽出這答案有鬼啊喂！

端木傲頓時低頭喝茶，端木風整合答案：「本來不在，現在則在閉關。」

夏侯駒：「……」這答案聽起來更像假的了。

他不滿地瞄了端木風一眼。

這是不想讓他見小玖妹妹嗎？為什麼？他可是很有義氣地把小玖妹妹送回帝都、又一路保護的，哪裡做得不好了？

不只是阿風，連阿傲也是，回到帝都就不愛他了——不是，是就沒有朋友情，太無情了。

夏侯駒無比怨念。

端木風假裝沒看見這哀怨的眼神，笑咪咪地轉移話題：「你還沒有說，那麼辛苦地『巡邏』完帝都之後，不回宮好好休息，反而跑來我這裡做什麼？」

好吧，這是正事，夏侯駒暫時收回哀怨。

「我來，主要是因為大比規則變更，有件事想和你們商量一下。你和阿傲應該還是和小玖妹妹和北叔叔組成一隊，沒有要和家族同隊吧？」

「嗯。」端木風點頭。

現在說正事，他忍住，不計較「小玖妹妹」和「北叔叔」兩個字。什麼時候他會叫北御前為「北叔叔」了？不要亂認長輩呀。

「北叔叔不在嗎？」

「他和仲大叔一起出去了。」端木風回道，端木傲在一旁點點頭。

這次兩兄弟答案一樣了。

夏侯駒想了想，這回答應該是真的，他就不心塞了。

「我有個提議，團體賽的時候，我們要不要合併成一隊？」

端木風想了想。

「你是怕陰家有什麼陰謀？」

「嗯。」夏侯駒點頭。「雖然神遺山谷屬於皇室，一般人不能進入，但是我總覺得，陰家主那麼處心積慮把大比地點定在這裡，一定不只是想進去而已。再加上參賽隊伍人數也增加，我們如果還維持一隊四人、五人，對上他們會有點吃虧。」

端木風這邊五人，而他領的隊也是五人；雖然人數不能決定勝負，但不能否認，有時候人海戰術還是很難防的。

「你要跟我們合併成一隊，你家同意？如果真的合併，獎品要怎麼分？」端木風很理智地反問道。

「這個……」夏侯駒愣住了。

合併，是為了安全。

他的隊伍，他可以作主。

獎品他可以不要，但是，他還有其他隊員，其他人不會這麼「視獎品如糞土」。

「與其合併，不如合作。」端木風說道：「據我所知，進入神遺山谷時，會通過一個傳送陣，這個傳送陣一次最多容納二十個人，但每個人卻是隨機傳送；入山谷後，同一隊的人可能分開，也可能在一起。可能光要找齊隊員，我們就要耗掉許多時間。

「另外，山谷裡隊伍環伺，什麼人都有可能遇上，在我們各自的隊員還沒會合之前，如果先遇上我們各自的隊員，就不要分開，可以先組成暫時的同伴……」端木風不用再說下去，夏侯駒已經聽懂了。

「有了暫時的同伴，至少比單獨一個人安全。另外，我們也可以各自找目標，真的那麼倒楣撞到同一個目標，也可以先解決別人，我們再慢慢用實力商量……」

用實力商量＝打一架。

非常好，比合併隊伍更恰當。

「一言為定！」夏侯駒一握拳。

「一言為定。」端木風同樣握拳，兩人的拳頭對擊一下。

夏侯駒滿意地笑了，然後又把桌上的茶水點心掃落一空，這才站了起來，手一轉，就出現一個禮盒，「這是帝都裡有名的點心鋪賣的點心，是我要送給小玖妹妹的禮物，你幫我轉交。」

「禮、物？」

端木傲和端木風都用警惕的目光看了禮盒一眼，好像那個禮盒是什麼危險物品。

「對，很有名很好吃的，小玖妹妹喜歡吃好吃的，你幫我交給她，還是我去找她？」夏侯駒問道。

哼，攔著不讓他見小玖妹妹是吧？就算沒見到面，小玖妹妹也不會忘記他的。

「好吧，我會轉交。」這傢伙是在威脅他吧？

這還是好朋友嗎？

「還有，幫我跟小玖妹妹問聲好，恭喜她得冠，一戰成名；告訴她，我們神遺山谷見。可以吧？」夏侯駒繼續交代道。

「可以。」禮物都收了，不差一句話。

是說，阿駒的話真多，

「那我走啦！」夏侯駒滿意了，瀟灑揮揮手，走人。

在端木風這裡蹭完吃喝，他還得回皇室報告呢！

◈

帝都東北方，三百里處。

天色未暗之際，幾棵樹木較為高大的樹幹上，陸續被掛上具有照亮作用的石燈。

在大比團體賽的地點宣布後，原本靜謐沉靜的樹海，開始不斷湧進許多人，幾乎將這裡整成一個營地區，並且範圍不斷擴大。

每幾棵樹木，就是一個小營地，連成一大片，到處是細細碎碎的腳步聲與交談聲，以及喝酒吃肉的乾杯聲。

有人休息、有人修練、有人吃吃喝喝，也有人到處串營子、拉交情……

直到兩天後的清晨，皇室人員與其他評判代表前來，樹海裡的喧鬧聲，頓時戛然而止。

一刻鐘之內，整片的營帳、營火，頓時消失得乾乾淨淨。

小玖抱著小狐狸來的時候，正好看見這一幕。

「這收拾的效率……」真是比風吹過還快。

「果然大家都早來了。」端木風倒是一點都不奇怪。

現在這種收拾的速度還算慢的。

在野外紮營的時候，什麼情況都有可能遇到，被各種魔獸追著跑更是家常便飯。

「……所以每一個傭兵，幾乎都知道怎麼在最短的時間內，把自己拿出來的東西收好，在突發狀況裡把自己的損失減到最低。」端木傲說道。

雖然身為世家子，端木傲從來不缺吃穿用度，但卻知道身為傭兵，雖然完成任務報酬不低，但那都是拿命去拚來的。

一碗食、一杯酒，一衣、一物，都是血汗，當然要珍惜。

就算不得已要放棄，也要把損失減到最低。

「我明白的，四哥。只是沒想到，大家都這麼早來。」

「這些人，大概兩天前就來了。」北御前只看了一眼，就轉向前面。

七方勢力的代表，煉器師公會的代表不是陰月華，而是另一名公會長老。

皇室代表已經派出人，開始核對團體賽的名單與人數。

秦肆將他們的名單交上去。

同時有幾隊代表走向他們。

「北大人（御前）、仲大師、六少、四少、九小姐。」靠過來的，除了有無敵與大地傭兵團代表，也有疾風傭兵團、皇室，甚至連公孫家、商會……各方勢力，都派了人來。

北御前環視幾人，問道：「各位有事？」

「沒有，只是想再對九小姐說一聲恭喜，也問候九小姐好，希望團體賽開始之後，九小姐能……手下留情。」

話沒有說得太明，但是這語氣，端木玖詭異地懂了。

「不敢，彼此指教，點到為止。」

那人一聽，立刻大喜。

「多謝九小姐，我先告退。」

比賽前的時間很緊迫，來的每個人依序，幾乎都跟小玖說同一句話，然後很快告辭離開。

只有無敵、大地與疾風傭兵團的人和北御前多說了幾句話，然後又恭喜了小玖，才同樣告辭離開。

雖然小玖表面很鎮定地回應每個人，但是內心的表情，是有點無語的。

北御前摸摸她的頭，安慰道：「妳才剛回帝都，他們對妳不熟悉，難免好奇一點。」

年紀小、實力強悍，帝都大比個人賽第一名，天賦幾乎要被人認定超越端木風，所以每個人想和她混個臉熟，很正常，習慣就好。

「嗯。」小玖才點點頭，就見好幾個看起來大約二、三十歲的年輕人，猶猶豫豫地來到她面前。

他們先對端木風與端木傲行個禮，然後，才有點靦腆地對她說：「九小姐，我們是端木家族旁系的子弟，想、想恭喜妳，妳很厲害，我們、為以前覺得有九小姐的存在，是家族恥辱的想法，跟您道歉；我們現在，都很以妳為榮。團體賽，請加油。」說完，這幾個人也沒等小玖的回答，就匆匆掩面跑掉了。

小玖：「……」

這一副健壯青年的外表、配上一副害羞小姑娘的行為……

她有點消化不良。

而且，這樣的隊伍還不只一組。

連續又來了好幾組旁系子弟組成的隊伍，同樣來到她面前，都先對她道歉，然後又表示以她為榮，再「害羞」地轉身跑掉。

小玖一臉糾結地看著四哥和六哥。

「家族裡大部分的人，還是很直率的。」端木傲拍拍她的肩，很理解她的糾結。

因為，端木傲本人也覺得這「小姑娘臉、大青年身」的行為——實在讓人沒眼看。

但是他們也勇於認錯，並不是完全沒有優點。不是所有人都想傷害她，希望小玖對家族可以不那麼排斥……

端木風卻說道：「喜歡就喜歡，不喜歡就不喜歡，不用勉強。」雖然直率是優點、也許他們並不是壞心，但對被嘲笑多年的人來說，一樣是傷害。

「我知道。過去的，我並不太在意；但是現在對不起我的，我一定會討回來。」她老實說道。

其實小玖對端木家族，沒有他們想像中的那麼排斥，只不過，也沒有多好的印象就是。

到現在為止，她還沒有決定要把家族放在哪個位置，不過這也不急，等他們把婚約的事交代清楚再說。

「說得好！」仲奎一立刻附和，差點想拍拍手。

小師妹說的，都是對的。

有恩報恩、有仇報仇，很符合師父的教導。

「等團體賽比完，六哥帶妳回去，把帳算清楚。」端木風說道。

雖然這兩天他和端木傲還時常得接待來訪的客人，但這不妨礙端木風把小玖回到中州之後的事調查清楚。

有人不想讓小玖回來、也有人謀算小玖的婚事，欠了小玖的，都得還回來！

「好……」小玖才一點頭，一名身穿銀白色武士服的少年就突兀地跑到她面前，直直看著她，什麼話都不說。

小玖抱著小狐狸，偏頭回視著他。

這人，有點眼熟。

端木風和端木傲也看著少年。

他們認識他，但是他為什麼突然跑來，又一直看著小玖？

緊接著，又有三名男子跟著快步走過來，其中一名將少年拉退一步，同時主動開口道：「北大人、仲大師、四少、六少，打擾了。九小姐，我是姬雲飛，妳還記得嗎？」先跟「大人」們打招呼，他才笑咪咪地問道。

他可是在台上和她對戰過喔！如果她不記得，他會非常傷心的。

「記得。」端木玖點點頭。

一個很狡猾、又很會判斷狀況的男人。

「我是公孫憬。」

「我是雷鈞。」另兩人也接著自我介紹。

「石昊。」最後一個——那個銀白武士裝少年指著自己，報名字，眼神持續直看著小玖，「妳好。」

「你們好。有事嗎？」

「嗯。那天在台下看完決賽，我們本來追出去想認識妳的，結果妳已經離開了……」

六少不愧是被稱為近三十年來大陸第一天才的人，那速度、那實力，他們還真是追不上。

然後在仲大師的宅邸，那麼多人去祝賀，只有四少和六少代為見客，她則聽說是被北大人訓話後，閉關反省。

「現在好不容易看見妳，就想來認識一下。」姬雲飛心想，好歹要混個臉熟，免得在神遺山谷裡，被漁翁得利。

「那現在認識了。」然後？

「呃……」這回應太直白了，一點都不婉轉，姬雲飛有點卡殼。

總不能直接說，比賽可能有問題，他們要不要同盟一下……

「比賽可能有意外，可以同盟一下嗎？」結果石昊直接說了。

姬雲飛一臉無語地瞪向自家竹馬好友。

哪有人初見面講話這麼直接的啊?!

但是小玖也很直接地回問：「怎麼同盟法？」

姬雲飛：「……」沒想到九小姐是這樣的九小姐，昊這是遇上同類了呀。

他正無語著，石昊已經看向他。

要講很長的話，你來。

姬雲飛又默了……

公孫憬忍不住噗笑一聲，他來說吧：「我出自公孫家族，雲飛和石昊是商會代表，雷鈞則是雷火傭兵團。同盟，是不互相惡意傷害，遇上爭議時，各派一人代表決勝；其他人員則全力防守，避免被其他方偷襲。」

小玖立刻看向北御前，北御前對她點了點頭。

「可以。」小玖回道。

「太好了。」把彼此的成員大略介紹一下，姬雲飛四人就很快回歸自己的隊伍。

端木玖無語地看了那幾方的人一眼。

「北叔叔，這比賽……」

「沒事，不違反規定就是。」北御前淡定得不得了。

小玖嘴角抽抽的。

這麼盛大的比賽、那麼豐盛的獎品，大家卯足勁去搶成績，一臉興奮期待，這才是正常的反應吧！

但是剛才……別管那些人說得多辭不達意又多含蓄，中心意思只有一個：團體賽可能有鬼，看在大家多少有點認識的分上，遇上了，下手不要太狠，有機會，多多合作。

這是比賽嗎？

根本像集體商量作弊吧！

「阿傲，六弟。」等所有人離開，端木珏才走過來。

「大姐。」

端木珏再轉向端木玖，「九妹。」

小玖訝異地看了她一眼。

「妳好。」有禮貌的回答，但絕對生疏。

端木珏大概懂她的意思，所以再轉向端木傲與端木風，「你們真的不和家族一起嗎？」

「家族的人多，沒有我和六弟也沒關係。」但是小玖沒有了他們，卻只有自己一個人了。

端木家族子弟眾多，幾乎所有的嫡系子弟，或實力較強的旁系子弟，都各領一隊人。

這些人參賽，不必一定要奪得名次，只重在歷練。以後神遺山谷的開啟需要時間，而且也有人數與條件上的限制，但這一次因應團體賽，完全沒有這兩種前提。錯過這次，以後神遺山谷再開啟時，他們不一定還有機會，所以當然不能錯過。

這種情況，不只是端木家族，其他家族、甚至皇室，也是這麼做。當然，因為大家都這麼做，又把皇室代表忙得差點口吐白沫。因為臨時增加與修改人數的隊伍實在太多了，忙得他頭昏腦脹、底下的人差點昏倒罷工，總算忙完大部的事，撐到今天。

皇室代表還暗搓搓發誓，等團體賽結束，他一定要帶底下的人殺去某商會、找某會長，好好敲詐一頓！

「好吧，那你們自己小心。」端木玨不再多說，又看了端木玖一眼，才轉身離開。

等她走回家族那邊，還看見她對著長老說話、又搖搖頭，長老還看了他們這邊一眼，有點不滿。

最後看看端木玖的眼神，有點複雜、有點氣憤。

「我猜，那些長老一定在罵妳。」仲奎一站出來，擋住那個長老的眼神後，才對小玖說道。

「沒關係。不在我面前罵的，我就當不知道；如果他生氣要瞪我，可以讓他們瞪到眼抽筋。」小玖表示：不介意。

四個男人一聽，眼角不約而同抽了一下，然後出現四種不同程度的憋笑。

「不愧是師……小玖，讚！」氣到內傷是別人的事，抽筋也是別人家的事，與我何干哪。

端木傲摸摸妹妹的頭。

笑罵由人，小玖是不是太「心胸寬大」了點兒？這會不會有點太不計較了，容易吃虧。

四哥表示：他有點擔心。

但無論別人怎麼生氣，小玖都不放在心上，至少不會跟著一起氣，或是心情不好，很有處變不驚的風格。

四哥表示：這又很好。

「小玖，沒有聽見罵聲可以不理，不過如果被瞪太多次，妳可以回他一抹笑，或是回瞄他一眼、又淡淡別開眼……」端木風教導道，還親自示範眼神怎麼表示。

爭取把那個人氣到升天！

北御前一聽，默默看了端木風一眼。

不要教壞他的小玖。不過……

「很好。」對自家小玖的反應表示肯定。

糾結這種小事沒有意義，真有本事的人，不爽就直接動手了，那些不敢動手的人，無需理會。

「不過還是要注意，有些人不會明著動手，卻會在暗中害人。」稱讚完，北御前提醒道。

陰謀詭計可以不耍，但是不能不懂。

「我知道的，北叔叔。」小玖乖乖回道。

就這麼一會兒的時間，集合地點湧進了更多人。

歐陽家族和陰家的人一同到達，陰家的子弟站在一起，陰星流也在其中，不過明顯的，他像是默默跟著家族，但家族的人完全沒有與他交談，完全不在意表示出，就是在孤立他。

而陰星柔看見端木玖，冷著蒼白的臉色，一雙眼就怒瞪著她。

端木玖想了想，回給她一抹微笑，眼神完全照搬剛才六哥的示範，眼神、表情、側臉的角度，絲毫不差。

高貴、冷豔、鄙視、不以為意。

陰星柔神情頓時一僵，眼神好像更生氣了，怒怒地別開眼。

端木傲、北御前：「……」

真是學好不容易，學壞一瞬間。

兩個男人同時譴責地瞪了端木風一眼。

都是你！

「噗……」仲奎一抱著肚子，努力忍笑。

「小玖做得好！」雖然被瞪，但還是要稱讚。

他家小玖的學習能力，就是好。

北御前忍住揉額頭的衝動。

「比賽可能待會兒就要開始，就依照我們商量好的。奎一，帝都動向交給你和秦肆，我們四人進神遺山谷。」

「好。」說正事了，仲奎一也就不搞笑了。「你們要小心，據我所知，進山谷後，同隊伍的人可能會分散、傳訊石不一定管用，一定要隨時注意安全。」

陰家那女人，不會無緣無故給大家好處，卻沒有人猜到她想做什麼。

各家、各方勢力那麼戒備，表示大家都對陰家那女人很提防；但是再怎麼提防，事情還是照著陰月華設計好的方向走。

這女人，真的很有能耐。

「你和秦肆兩人，也要注意。」秦肆正好回來，北御前一併叮嚀；怎麼保住自己的命，奎一應該很懂。

「那當然，我還想看你和小……玖，拿到團體賽冠軍呢！」他家小師妹，值得雙賽奪冠。

「有機會的話。」北御前遠遠看著七大勢力的人——沒有陰月華。

代表煉器師公會的，是另一名長老。

他又看著石昊。

奎一說煉器師公會長很聽陰月華的話，但是他的兒子，卻沒有對陰家表現得特別親近——

「四少，這是號碼牌。」秦肆將一枚石製、刻著一千零二十九的號碼牌交給他。

「聽說每一個隊伍，號碼牌只有一個，團體成績，只看號碼牌，不論隊伍人數。」也就是說，隊員可以放棄，但號碼牌不能遺失。

仲奎一挑眉。

「這規則，很有陰家的風格。」兇殘。

「各族的嫡系子弟，有七成都來了。」看了最靠近山谷口的幾十組隊伍後，端木風判斷道。

「也許目標不是人，而是山谷。」端木傲以前曾特地調查過關於「神遺山谷」的事蹟，消息不多，其中有一則很重要。

據說當時，陰月華的天賦不算太強，只能算比一般好一點，但是她年輕時有幸進入神遺山谷，那之後她的晉級速度，就開始變快。

那之後，她又進過山谷兩、三次，不知道什麼時候開始學煉器，晉身大陸一流的強者。

這件事仲奎一和端木風也聽說過，再看看陰家的人整齊列在一旁，望著山谷眼露期待的表情……

「看來，應該是了。」

仲奎一還對小玖說道：「山谷裡的魔獸、天材地寶，都屬於無主之物，小玖，這個意思妳懂吧？」

「嗯。」小玖點頭。「能得就多得一點。」

身為煉器師遇到天材地寶卻錯過簡直是大罪惡——師父說。

別說搶不過別人，要你修練幹嘛用的？當然是這種時候要用的——師父說。

不要以為身為煉器師不需要實力，人只有拳頭夠硬，說話才有道理，靠別人都是假的——師父說。

打不過別人就代表你還太差，被罰也是應該的——師父說，但仲奎一完全不想回憶這句話。

「很好，這個給妳。」仲奎一給她一枚戒指，裡面空間不算太大，不過重點在於，戒指裡裝了一些方便吃的食物，以及——一大堆籠子和盒子。

「雖然阿北也有準備，不過妳身上還是放一點，隨時可以用。」

籠子，是抓到或打敗魔獸後，用來關押用的；盒子，則是得了什麼天材地寶有需要時用來裝的。

這是身為師兄對師妹的關心。

不然以後要是被師父知道他沒有照顧師妹，會被師父處罰的。

仲奎一完全不想重溫那種不堪回首的往事。

「謝謝……仲大叔。」小玖笑得很……偷笑。

端木風看看仲奎一、又看看小九。

「妳是不是有什麼沒告訴我們？」

「我……」小玖才開口，終於統計完參賽隊伍、發完號碼牌的皇室代表，飛身站到樹梢上，正好也同一時間出聲：「歡迎各位來參加本屆帝都大比的團體賽。」

小玖馬上不說了，和其他人一起聽。

「本屆團體賽的進行方式，與以往都不同。」皇室代表看著這一大群、頭跟頭疊起來比樹海還黑、幾乎看不到盡頭的參賽者，嚴肅著表情、以魂力催發音量，以確保在這裡每一個人都聽見他的聲音：「以下，我說明比賽規則與計分方式：

「首先，第一點，各隊報名參賽的隊伍，應該都領到一個號碼牌；一個號碼牌代表一個隊，號碼牌在，隊在，號碼牌不在，等同棄權與退賽。

「第二點，神遺山谷與一般擂台賽不同，在山谷裡，可能遇到各種魔獸與天材地寶，各位可以盡量發揮，無論得到什麼，都歸參賽隊伍所得；而這些隊伍獲得的魔獸或物品，會依等級計分，以此來統計分數。

「此外，如果得到別個隊伍的號碼牌，也算一分。

「第三點，團體賽名次，由得分決定，前五名的隊伍各有不同的獎勵。

「另外，在山谷中，也有五份獎品的牌子，這五份獎品，皆為二星、三星魂器，誰拿到牌子，就可以直接得到獎品。」

說到這裡，樹海立刻傳出一陣驚呼：「哇！」

魂器，很想要！

不用跟人搶或累積得分，只要找到牌子就有，更想要了！

皇室代表無視眾人的躁動，繼續說道：「最後，也是最重要的一點，神遺山谷開啟三天，也就是比賽時間為三天，無論各位得到什麼，請各位參賽者在時間結束前——也就是三天後的辰時中，回到被傳送的位置，否則離不開山谷，後果各位自行負責。」

看一眼瞬間冷靜不少的參賽隊伍們，皇室代表這才對後面已經各自站好位置的五人點了下頭。

三大家族、皇室與傭兵公會的代表，立刻凝聚魂力，以不同方式打向空中某一點。

樹海中，頓時出現一道方形的開口，開口那邊的模樣是——另一個樹海。

皇室代表最後說道：「山谷已開，請自行進入，祝各位好運。」

話聲一落，就見前面的人已經先衝進去了。

「咻咻咻咻咻！」

連續不斷的飛掠聲，不斷往開口飛奔進去，一進去人就不見；但開口的樹海景致卻是不變的。

小玖眉眼微挑，和北御前、兩個哥哥，很沉穩地站在原地。

有人覺得他們簡直是傻。

這時候能搶快當然要搶快，早點進去才能得先機，擺架子不跟別人擠、乾在這裡等簡直浪費時間。

但是他們沒注意到，和北御前他們一樣保持不動的隊伍，其中大部分是各個家族與傭兵團、公會的隊伍。

一個時辰後，直到所有的隊伍終於進去了五分之四，各家族的人終於開始動了。

「走吧！」北御前說了一聲，率先飛進入口。

後面小玖、端木風、端木傲立刻跟著飛進去。

「走吧。」確定他們都進去了，仲奎一才對秦肆說道，兩人轉身就回帝都。

因為團體賽的開場，帝都裡的人一下子少了一大半，讓原本就很空蕩的內城區，變得更空蕩了。

空蕩到——讓想躲著的人，連氣息都隱不住。

「出來吧。」回到自家宅邸門前，仲奎一已經感覺到左側屋牆後方有人，他哼了一聲。

秦肆一臉戒備。

而屋牆後方，先是出現一柄扇子，然後，一張仲奎一完全不陌生的臉就露了出來……

「是你?!你在這裡鬼鬼祟祟做什麼？」

那人被逮到了，似乎也不在意，就悠然地「刷」一聲打開扇子，手腕搖動了幾下，「一個秘密，換一個條件，如何？」

# 第六十一章　神秘宮殿

「咚」。

一聲輕微的震動，所有人都沒注意到。

小玖跟著北御前一頭栽進山谷入口後，眼前先是一暗，緊接著，又是一陣刺眼的白光，再睜開眼。

蔓地的青草，不是青翠欲滴，而是半乾半燥的模樣。

被枯枝乾藤爬滿的岩石，處處可見。

舉目望去，不見人煙、不見獸痕。

可以走的路很寬。

但是卻沒有任何人走過的痕跡。

四周，靜寂無聲。

天地間，宛如只剩下她一個人。

除了荒涼，還是荒涼。

雖然還搞不清楚現在的狀況，但很明顯的是……

「為什麼北叔叔和四哥、六哥以及仲大叔都沒有告訴我，人一進來就會失散？」

……好吧，凡是跟尋寶、秘境什麼的掛勾在一起，就很容易出現一種狀況，名叫：意料之外。

習慣就好。

失散了，找人就是。

「幸好還有……」傳音石。

這三個字還沒有說出口，她就發現，傳音石……毫無反應。

小玖面無表情，但內心就是一個大寫的：「囧」。

為什麼北叔叔和四哥、六哥外加仲大叔也都沒有告訴她，在這裡傳音石根本不管用的？

……好吧，這下也不必聯絡了。

該想的，是怎麼在這舉目望去，除了荒涼還是荒涼的山裡，找人啊！

◈

另一邊。

北御前、端木傲、端木風三人，在一片黑暗與白光後，還來不及睜開眼，三人同時散開。

「轟」一聲。

三人望去，只見歐陽家的某個隊伍，逃之夭夭的背影。

四周的人也迅速各自散開，往不同的方向奔去。

「小玖不在?!」

三人同時開口，又同時對望一眼。

然後，又同一時間拿出傳音石——沒有反應。

三人表情一沉，又望向彼此，然後又看向周遭、轉眼間已經走到只剩他們三個人，與後面繼續進來的隊伍。

三人緩步會合，端木風低聲開口：「只有小玖不在。」

「我們是在小玖後面一起進來的。」端木傲也說道。

也就是說，小玖應該不會還留在外面。

這就奇怪了。

沒道理別人一次進來那麼多人都隊員完整，他們只有四個人，居然還會掉隊了一個吧？

進來的隊伍，走了一波、又進了一波，直到全部的人都進谷完畢，後面再也沒有人了。

「小玖不見了。」端木風語氣很沉。

北御前打量著四周。

先把剛才其他隊伍走的方向看了一遍，又放開神識感受了一下——但不到三丈就被彈了回來。

但是，再感受一下四周靈氣——濃度時郁時淡，並不穩定。

不過足夠他們消耗與補充。

再看向遠方……

濃雲淡霧裡，四座大小不一的山峰，在天的盡頭遠處，忽隱忽現。

北御前突然有了猜想：「小玖會不會被傳送到其他山峰去了？」

端木風、端木傲一聽，兩人都是一愣。

接著眉頭就皺了起來。

「我沒聽說過有這種狀況。」端木傲覺得不太可能，但又不能完全否決這種可能性。

但以前的確沒有聽過這種傳聞。

對於神遺山谷，知道的人很多，但要說真的知道山谷是什麼樣子……

「很大，而且，沒有人走到盡頭過。」

這和山谷的開啟天數有關。

神遺山谷是一個很奇特的地方。

說它很危險，但是曾經進去的人，除非是被刻意暗殺、或在爭鬥時傷亡，否則殞落的人數並不多。

但若說它不危險，不明原因死在山谷裡的人也不少。

「其他山峰……」端木風看向遠處。

在入山谷前，他們看到的，是遠近五座山峰。

大小差不多，高度略有不同，但差異性並不大。

但入山谷後，站在這裡再看另外四座山峰。

那四座山峰，不但隱在山嵐雲霧之中，而且似是懸浮半空、又像是高聳入天，因為距離太過遙遠，即使極目直視，依然看不真切。

這麼遠的距離，小玖真的在那四峰上嗎？

「山谷、五峰……」不看距離，只注意方位，很像是……

北御前眼睛瞇了下。

有可能嗎？

但是，這片大陸和那裡，距離更加遙遠，如果說是投影——由山谷外看起來，卻又明明是五座山峰。

會是幻覺嗎？

如果是幻覺，但小玖確實不見了，連同被當寵物養的小狐狸——小狐狸，魔獸?!

「如果小玖在那裡，我們該怎麼過去？」端木傲很實際地問道。

進入山谷後，他們出現在比山腳略高的位置，四周除了這座山峰，沒有任何通向別處山峰的道路或橋墩。

「分開找？」端木風說道。

他們有三個人，往三個不同方向，他們的傳音石是可以互通的，找到路，再通知另兩人會合。

「不必，我們一起。」北御前否決了，眼神不經意掃過四周那些隱藏著的窺探眼神。「時間有限，以比賽為主。」

端木傲和端木風一聽就明白他的意思，但是小玖……

「相信她。她並不弱。」

「好。」兩兄弟一點就通。

他們老是忽略了，小玖雖然看起來嬌小，但實際上，她依然憑著自己的實力，拿到帝都大比個人賽的冠軍，自保應該沒問題。

現在，他們還是先拿積分吧！

◈

從進人山谷，到現在過了一個時辰。

小玖雖然順著直覺往上走，但是走了一個時辰，她所看到的景致，同樣除了荒涼，還是荒涼。

要不是這荒涼的樹木、石頭都有點不一樣，她可能會懷疑自己把山路走成鬼打牆。

但是，現在這種沒有人跡、也沒有獸跡，連一草一木都是半死不活的環境，也沒有比鬼打牆好多少。

抬眼看不見峰頂，凝目遠眺，又無法判斷出與鄰峰之間的距離，這情況……

「陣法、異空間，都很麻煩的呀！」小玖嘀咕。

雖然還弄不清楚現在是怎麼回事，但是憑著本能與對空間的敏銳感應，小玖已經大概確定，她應該不在山谷外所看見的那座山峰上。

一直被她抱在懷裡的小狐狸這時候才抬起頭。

「這裡……」怎麼有一種微妙的熟悉感？

沒有別人了，他才會開口。

「小狐狸，有什麼方法可以離開這裡嗎？」小玖連忙問道。

「蒼冥。」糾正。

「……蒼冥。」小狐狸好計較！

聽見她這個名字，小狐狸這才滿意，開始仔細打量四周……似乎，有點似曾相識？

「往上走。」

「好。」小玖也不急著問理由，就繼續往上走。

遇石攀石、遇樹爬樹，沒有上山的路，就自己走出一條路來。

從山腳下，花了比目測高度更多三倍的時間，終於爬上半山腰，同時，原本清明的山象，漸漸被迷霧罩住，伸手不見五指。

小狐狸眼神一瞇，抱住她的手臂後，身體一躍！

一人一狐，瞬間從原地消失，直接出現到雲霧之上。

小玖眨了下眼，小狐狸同時從她肩上躍下，卻在落地之前，身形一變，化為人身。

金紅色的輕甲、火焰般的長髮、俊秀的五官，卻沒有一絲熱度，只有淡漠的冷峻。

可是他下個動作，立刻把所有的淡漠都打散……

一化為人身，沒給小玖反應的時間，他伸手就抱起她，原地轉了個圈。

小玖懵。

但是他從化出人身後，就一直看著她，只看著她。

「太輕了，但是很好，我喜歡！」

小玖面無表情了。

太輕了。

很好。

我喜歡。

……這是在耍流氓吧！

通常遇到這種情況，她是應該巴人一掌？還是巴人一掌？

但是他張開手掌，先包住了她的手，十指握住。

「握到妳的手了。」他笑了。

笑容很淺。

可是殺傷力很大。

小玖巴人的念頭頓時沒了——絕對不是因為他太好看的緣故。

絕對是因為這傢伙……

「該放我下來了吧！」一手還抱著她呢！

身為踩不到地的矮個子，特別沒底氣。

小玖怨念了一下自己還來不及長高的身高——她才十五歲，依照生物學來說，還有機會長的，是吧是吧。

「再抱一下。」他想很久了。

「……」喂喂，耍流氓也太理直氣壯了吧！

又抱了好一會兒，他才滿足地放了她下來，但是十指交握的手還是握得緊緊的。

「你……」小玖才想喊他放手……

「握到妳的手了。」

小玖：「……」

這喟嘆得心滿意足、別無所求的語氣是想怎樣？

太占她便宜了喔！

不要以為她會心軟，身為女生不能隨便被占便宜……

「在這裡，我可以稍稍恢復一下人身，但是時間不長。」

小玖要訓斥他放手的語氣頓時一轉：「這裡是哪裡？為什麼在這裡，你就可以變成人？」

「這裡，勉強不算是在天魂大陸，對我的壓制沒有那麼多，我才能不必隱藏自己，變成人身。」他一邊說，一邊牽著她往前走。

穿過山腰上的一層雲霧，他緩緩停步，小玖抬起頭，就看見一座宮殿。

第一眼，只看到柱子。

第二眼，看到另一邊的柱子。

第三眼，這是……一座宮殿?!

而且，是一座非常巨大的宮殿。

光是殿門前的石柱，就似高聳入雲端，整個宮殿頂端，被若隱若現的雲霧繚繞著，一眼望不見宮簷，而且，站在殿門前方，也看不清宮殿全貌，能看見的，只有宮殿的入口。

和宮殿相比，站在殿門口，她簡直就像是誤入巨人國裡的小矮人！

火紅色的巨大石柱。

火紅色的巨大石簷。

火紅色的台階、殿牆——

巨大石、火紅色，巨大石、火紅色。

荒山上的火紅色巨大宮殿。

小玖：「……」

這審美觀……看得她有點胃疼。

雖然胃疼，但不可否認，這座宮殿，巨大且宏偉，讓人很震撼。

這座宮殿的樣貌，與這座山的景貌，形成一種強烈的對比。

荒涼的無人高山。

光可鑑人的宮殿。

很違和，卻又好似理所當然。

彷彿這座山，原本就臣服於這座宮殿。

山可荒，宮殿卻永立不朽。

站在宮殿前，這座不知道存在了多久的宮殿，還是隱隱透出一種壓迫感，震懾來人。

只是，這座雄偉宮殿，卻沒有一絲生氣，像是許久沒有人來，並且處處透露著反常。

比如：應該是象徵溫暖與熱度的火紅色建築，卻讓人感覺不出一絲溫暖，只有陣陣冰涼。

久無人煙的宮殿，應該處處煙塵、頹傾石落，但這座宮殿，卻異常地乾淨整潔、塵土不侵，沒有一絲荒廢的跡象。

「雖然我沒有來過這裡，不過我的傳承記憶裡有這個地方。」牽著她，他們輕易通過殿門前無形的阻擋。

無形無狀，但是小玖卻若有所覺，回頭看了殿門一眼，再轉回來。

如果以為宮殿門前乾乾淨淨的模樣，是塵土不侵。

那宮殿內的景象，就完全顯示出，什麼叫做「一切如新」。

石階如砌、石地如晶，殿內景物一覽無遺。

除了宮殿正位上，放置著一張像是白玉製成的華麗王座，再沒有任何其他綴物。

王座好小！

小玖很不合時宜地突然冒出這個感想。

雖然說是「小」，但是這個小，也是足夠讓三個小玖坐上去還有剩，其實一點都不小。

但是如果對比這座巨大的聳入雲霧、又紮在不知深處的地基的宮殿，王座是真的很「小」，形容成「迷你」都不為過。

一踏入殿內，每走一步，腳下晶瑩的石地，就顯出一點淡淡的光芒，隨著前進的步伐飄起、又飛散。

「這是……」小玖低頭，看著飛散的點點光芒。

當她一凝神，那些光芒不是朝四方飛散，而是集中在她腳邊，才消失。

淡淡的靈氣，隨著消逝的光芒，被她吸收入體內，成為魂力的一部分……

「不用擔心，沒有危險。」他對她說道，牽著她繼續往裡走。

小玖轉而盯著被他握緊緊的，她的手。

既然沒有危險，就沒有必要一直牽著她不放吧……

「有必要。」他很認真地回道。

「咦？」小玖猛然抬起頭，看他。

「我們有契約，妳不想防備我的時候，我可以聽見妳的心聲。」他微微地，露出笑容。

只是一抹輕輕的笑，他的表情，卻好像很不熟練。

可是，他好看。

所以即使是有點彆扭不自然的笑容，一樣很迷人！

小玖別開眼，心裡只有四個大字：美色誤人。

「妳比較美，小玖才是美色。」他又以很認真的語氣說了。

「不要偷聽我心裡的話。」小玖的抗議，有氣無力。

「不是偷聽，是自然就聽見的。」他糾正。

好吧，這抗議有等於沒有。還是導回正題：「在這裡，可以不用一直牽著手吧？」

「要。」簡短有力地回答。

「為什麼？」

「我不能自由變成人身，就會一直牽不到妳的手。」

「……」明明是很正經的解釋，為什麼聽起來有點委屈？

而且好像一副，她再繼續抗議下去，就是她的錯一樣。

……一定是錯覺。

「你要牽我的手，應該先問問我要不要讓你牽吧？」重點才不是他很難得才能變成人身。

他卻突然站定，轉過身來，很認真地看著她：「他們都可以伸手就摸摸妳的頭。」

他們？

北叔叔和哥哥們以及仲大叔？

「我都沒有。」

這語氣聽起來，更委屈了。

小玖：「……」莫名覺得自己好像變成一個偏心的大人，對所有的小孩沒有公平對待，所以現在被小孩抗議了……喂喂，才不是！

「小玖，我想牽。」他拉住她的手，面對著面，他的眼睛，很專注地看著她，用自己的手，包裹住她的手。

她的手，小小的、白白的，看起來修長，卻可以被他的手，完全地包覆在手掌裡。

氣氛好像怪怪的，有點……怪怪的，她都不太敢直視他的眼神了，莫非……這就是害羞？

不不不，才不是。

「如果妳不喜歡，不牽手也可以。」他突然說道。

小玖莫名地覺得鬆了一口氣，又好像有點失望，才要點點頭、抽回自己的手，就聽見他下一句：「可以改抱著妳。」這更好。

小玖一僵。

喂喂，耍流氓不要耍得這麼理直氣壯啊！

「妳喜歡哪一種？」他語氣好溫柔地問，覺得自己有進步，是個很縱容伴侶的男人。

「……牽手就好。」

「好吧。」他一臉可惜，但重新把她的手握緊緊。

看來是沒有要抱住她了，她鬆口氣。

比起抱，當然牽手就好了……等等，好像哪裡不對？

當、然很不對！

為什麼不牽手就要給他抱呀？誰規定的？

她怎麼腦袋當機地竟然選了牽手?!應該都不選啊！他要是堅持要牽手，她還有劍，不怕立刻打一架……

「嗯？」蒼冥突然一轉身，將她護在身後。

一波威壓，就從殿內的王座上輻射開來，擴散到蒼冥身前時，被蒼冥揮手撥開。

除此之外，宮殿內沒有受到任何衝擊，甚至連一點震動都沒有。

但是小玖感覺得到，那股無形的威壓，幾乎化為實質的攻擊力道，蔓延到宮殿之外。

殿外甚至隱約傳來稀稀隆隆的聲音。

小玖看向殿內。

前方，只有王座。

王座上，沒有任何人、也沒有任何異樣，那這股威壓是哪裡來的？

小玖還想猜想，蒼冥的手上，卻出現一把燃著火焰的紅色長劍。

蒼冥握緊了一下她的手，又放開，然後飛身向前，長劍一揮。

「鏗！」

輕脆的一聲響，蒼冥被一堵無形的氣牆，堵在王座前。

蒼冥兩手握劍，劍身上的火焰頓時大放光芒，那堵氣牆霎時像是消失般，任蒼冥的身體，持續飛向王座。

蒼冥卻在靠近王座的前一刻，在半空中一旋身，飛退到原位，長劍同時消失在他手邊。

站定後，他第一個動作，是又把小玖的手握緊緊了。

小玖：「……」已經放棄計較了。

「蒼冥，怎麼回事？」話聲才落，王座突然颳起一道風，朝兩人席捲而來。

蒼冥手一用力，將小玖推送到更後方，而他手上的長劍再度出現，劍勢一揮，就斬散那陣風。

但下一瞬間，王座四周突然出現一股強大的吸力。

蒼冥及時變化站姿，穩住雙腿所立的位置，長劍反轉，對抗那股吸力，雙方形成拉鋸。

那股吸力，強烈得讓整座宮殿幾乎都在晃動。

身邊沒有可以靠穩的地方，小玖運起魂力包裹住自己的身體，離地一尺地浮在半空中，反而不受這股震動所影響。

奇特的是，那股吸力似乎只針對蒼冥，即使她就在蒼冥身後，也沒有被吸向前的跡象。

不接觸，就不受攻擊。

難道……

小玖靠近蒼冥，半抱住他一隻手臂。

「小玖，退後。」

「不。」小玖只給他一個字，然後她的魂力，就試探性地蔓在他的手臂上。

蒼冥沒有看她，但是護體的魂力卻主動不抵抗她的，兩人的魂力緩緩交融為一……

蒼冥所受的吸力攻擊，頓時被化解了一半。

小玖立刻感覺到了，她的手一伸，「流影」顯形，她手勢一放，「流影」頓時射向王座……

「鏗！」

就在距離王座三呎的前方，「流影」劍被彈回。

同一時間，由王座而來的吸力頓時消失。

小玖手勢一收，被彈飛的「流影」立時回到她手上，她反手朝王座再度揮劍。

王座霎時震盪出一陣氣流，如海浪般猛烈壓向兩人。

蒼冥旋身來到小玖身邊，手上劍一揮，偌大的火流迸射而出。

兩股氣勁在宮殿中交擊，瞬間爆出巨大聲響。

「轟！」

小玖兩手持劍，隨即再向前一劈。

「轟……」

反射而來的氣流瞬間被劈散。

明明沒有說好、也沒有眼神交流，兩人的出招卻是相連不斷、默契配合無間。

另一方，反向王座的氣流，卻被王座完全吸收，轉瞬凝結成一道有普通劍身十倍大的劍芒，疾衝向他們。

蒼冥舉劍直指。

劍尖對劍尖，劍芒緩緩旋轉，一分一釐，悄悄向前推進。

蒼冥頓時退後一步，火紅色的劍身光芒漸漸黯淡下來。

他眼神一凝、手腕一震，劍身火焰頓時躍動，整個人向前一步。

劍芒頓時後退一步，但是劍芒的光華卻始終凝聚不散。

劍對劍、勢對勢，乍看之下毫不精采的對峙，蒼冥的神情卻一點也不放鬆，魂力不斷在對峙中消耗。

四周的氣息因為這場對峙而凝滯，如果有其他人在這裡，必然會因為感覺到壓迫，連呼吸都有困難。

但是對小玖來說，卻一點影響都沒有。

她擔心的，反而是蒼冥的魂力會不夠。

以強制強，建立在兩方實力相差不多，與勝過對方實力的情形下，會很好用。

但是如果一方消耗、一方沒有，結果就很難說。

蒼冥的火紅長劍是實，劍芒為虛。

虛，由勁凝成，如果能打散那股勁……

心念一動，流影上手，小玖以魂力禦劍，刺向劍芒。

輕輕「波」一聲。

劍芒頓時消散。

蒼冥和小玖對看一眼，有點意外。

她只是試試，沒想到這麼順利……

劍芒消散，宮殿中頓時靜默無聲，但下一秒鐘，整座宮殿突然震動起來，四周靈氣瞬間消失。

蒼冥和小玖同時感覺到身體變沉重了，然後身體開始感受到愈來愈沉重的壓力。

「重力？」小玖還有餘裕說話。

「嗯。」蒼冥點頭。

雖然能說話，但是不斷加強的重力壓迫下，不要說揮劍，他們的手想抬起來都有困難。

「這王座到底是什麼東西？」

小玖輕聲問著，表情不動聲色，但握著他的手，卻再度以魂力連他一同包裹起來。

肩上的壓迫感突然消失，蒼冥看向她。

她的魂力特質……

「大概是，王者威儀。」不容挑釁。

「那現在，你想怎麼做？」

「砍了它。」非常簡單粗暴。

一個王座都有尊嚴，他豈會沒有?!

「也好。」

話聲一落，兩人同時動作。

「流影！」

「焰流！」

兩把劍，同時發出劍芒。

一道暗色、一道焰紅，並行擊向王座。

王座前方，同時出現三道氣牆，擋下劍芒。

「砰、砰、砰……咻……」

強烈的劍芒，在擊到王座前被擋散，緊接而來的是王座的反擊。

「鏗鏗鏗鏗鏗……」

接連不斷的響聲。

原本隱形護繞在兩人身邊的五把飛劍，瞬間現形。

小玖心念一動，五把飛劍同時轉向，飛射向王座；而她手上的劍尖一指，魂力透射而出，後發先至，擊向王座。

「鏗……」

「砰！」

王座前的氣牆，擋下了飛劍，卻沒有擋下她的魂力，王座上的空氣，宛如冰凍般凍結！

白玉王座前，小玖的魂力凝為實體，沉黯的魂力周圍，漸漸如枝芽冒出般，在王座前蔓延。

凝結的空氣，突然冒出金色火焰，燒掉那股鎖住的魂力。

壓在蒼冥與小玖身上的重力感同時消失。

虛空中，彷彿傳了一聲若有似無的輕嘖聲。

「嘖……」

宮殿混亂的氣流頓時消失。

王座上突然飛出一道細小的紅色流光，射進蒼冥的身體裡。

「唔！」他踉蹌了下。

「蒼冥！」小玖看見了，立刻抓緊他的手。

「沒、事。」蒼冥站立不穩。

「可是……」

「等、我……」來不及多說什麼，他收劍、閉目就地盤坐，身上紅色光芒忽隱忽現。

小玖看一眼突然沉靜下來的王座。

宮殿裡的靈氣，已經恢復成原有的樣子，偌大的宮殿，光燦如新，沒有任何混亂的痕跡；剛才的打鬥，宛若沒有發生過。

這沒有讓小玖放鬆，反而更加警惕。

她手上的流影劍雖然微微下垂，卻是隨時可以攻擊的起式。

「不請自來」的東西，通常很有坑。

她守在蒼冥身邊，有點擔心。

但是守著守著，雖然蒼冥身上的紅光依然忽隱忽現，但是隨著時間一分一秒地過去，她感覺得到，他沒事，很好。

不一會兒，天際隱隱傳來「隆隆」聲。

小玖第一個反應：這聲音很熟。

然後，蒼冥身上光芒一閃，再度變成一隻小狐狸，張開眼看著她。

小玖也張著眼看他。

這一點也不威武霸氣的萌樣。

跟剛才俊美可靠的酷樣。

完全連接不起來。

「隆隆」聲沒了，小狐狸跳進她懷裡。

小玖習慣性地就張手抱住，低頭看著他，「還好嗎？」

「我沒事。」只是那團紅光，讓他有點「消化」不良。

「那說吧，到底怎麼回事？」

雖然知道他就是小狐狸，小狐狸就是他。

但是這樣臨時變來變去，她也是會有點適應不良的。

都不知道到底該把他當小狐狸——寵物。

還是把他當男人——不時會占她便宜的那種。

小狐狸看著她，有點鬱悶，「大概，是我父親。」

# 第六十二章 狐狸的戀愛攻防戰：討價還價

「父親?!」

小玖怎麼都沒想到，會是這種答案。

「嗯。」小狐狸點點頭。「這座宮殿，是他的；有他所留下的氣息和力量，不是血脈至親或契約者，根本進不來。」

血脈——他。

契約者——她。

小玖總覺得，有點出戲，感覺不太真實。

「那他人呢？」

「不在這裡。」

他父親，好吧，不在這裡，但是王座卻攻擊了他們；這種梗，真是坑。

小玖回想了下。

「你剛才說，這裡不是天魂大陸；可是這座宮殿，又是你父親的宮殿，這到底是怎麼回事？」

小狐狸搖頭。「不知道。」

小玖：「……」瞪著他。

小狐狸看了王座一眼，又看著宮殿四周，若有所思地說道：「這裡……並不穩定。」

「不穩定？」小玖感覺了一下。

隱隱約約，有種消失、又顯現，忽隱忽現的感覺。她直覺……

「……異空間嗎？」

「妳感覺得到?!」小狐狸很驚訝。

「一點點。」順著這種感覺，小玖微閉了下眼，神識自然而然往外擴散。

這座山的存在，似虛、似實，飄飄忽忽。

難道這就是在谷外的時候，她看著山谷一直沒有真實感的原因？

「整片山谷都是這樣嗎？」

小狐狸搖頭。

「只有四峰是，第五峰，就是『神遺山谷』。」

小玖一聽就懂！

「你的意思是，雖然神遺山谷看似有五個主峰，但其實有四峰是虛影，只有一峰才是真的。」那麼團體賽的地點，就是「真」的那一峰了。

「嗯。」小狐狸壓下體內那團紅光的力量，一眨眼，又變成人形，摟著她到一旁坐下。

「剛才的紅光，是這座宮殿的傳承記憶。這幾座山峰，代表不同的意義，也有不同的主人；我們來的這一座，是我父親的。其他人，應該都在另一座山峰。」

「另一座山？」小玖想了想，「距離很遠嗎？我們能過去嗎？」

她沒有忘記，他們是為團體賽而來的。北叔叔和哥哥們不知道有沒有會合？找不到她，他們一定很擔心。

「可以。」這裡也並不是真正的宮殿，只是因為血脈的牽引，讓空間交疊暫時成為實景。

這樣的空間並不穩定，可能交疊的力量消失，他們自然會離開這座峰，回到真正位在天魂大陸的那座山峰。

「那就好。」小玖推開他摟著她的手臂，面向他，很嚴肅地說：「我覺得，我們需要聊一下。」

「聊什麼？」雖然不知道意思，但是她很嚴肅，所以他也跟著嚴肅。

「你，到底算是什麼？人？還是魔獸？」

「魔獸。」這是很清楚的事實吧！

「什麼……魔獸？」雖然他在她面前變過好幾次，但是她沒有聽說，有魔獸可以化為人形的。

「天狐。王者魔獸中，最尊貴的傳奇血脈。」對她，他沒有隱瞞。

「傳奇血脈？」

「嗯。」摟著她的腰，他把她抱到身前。「人族有族氏之分，魔獸也有。人族實力有強弱之分，而魔獸的強弱，最優先分辨出的，是血脈。」

天上、地下、水裡。

世間魔獸成千上萬種。

但其中最尊貴的血脈，不外乎天地五靈：龍、鳳、白虎、玄龜、與麒麟。

另外，還有身懷極致力量的魔獸，如天生雷獸、光明獨角獸、黑暗冥獸等，以及天狐一族。

「天狐之中，也有高低之分，能凌駕在天地五靈與極致力量魔獸之上的，只有九尾天狐。

「魔獸中血脈愈純者，就愈早能化為人形；擁有王者血脈的魔獸，幾乎都在幼獸時，就能變化人形。

「除了天生血脈，就像人類能修練一樣，魔獸也能修練；能超越神級、突破到皇級以上的魔獸，也能化為人形。」

所以他有人形，一點都不需要奇怪。

「能化為人形的魔獸，相等於突破血脈的限制，能與他族結合，產下擁有不同天賦的下一代。」

說到下一代，蒼冥定定看著她，然後兀自一點頭。

未來，他們的孩子，一定會很厲害。

小玖：「……」

不要以為你什麼都沒說我就不知道你在點頭什麼，那種表情太明顯啦！

小玖深吸口氣，不能因為這種未來的、不一定會發生的事被轉移注意力，她的重點在於……

「所以，你的血脈很高？」

「嗯。」他點頭。

不特別高傲、也不特別強調，尊貴的血脈與代表的尊貴身分，就是這麼理所當然。

「那你為什麼要變來變去？」

「天魂大陸容不下我，只有收攝血脈力量、以擬態的模樣出現，才不會被驅逐。」

蒼冥不用說得太仔細，小玖一聽就懂。

「那你現在……」

「在這裡，暫時不受天魂大陸制約，我可以暫時以人形出現。」所以，要多抱抱她。

等離開這裡，他一樣會變成小狐狸。

「那剛才的紅光？」

「是我父親的力量，替我療傷的，還有關於這裡的一點傳承記憶。我的傷，差不多好了。」

「傷好了，你要走了嗎？」雖然沒有明說過，但是小玖大概猜得到，擬態除了避開大陸制約，大概還有一個原因，就是便於他療傷。

蒼冥一聽，雙手都摟住她的肩，臉埋入她頸窩。

小玖僵了一下。

這是在占她便宜吧？

但是蒼冥的聲音，悶悶地傳來：「我還不想走。」

小玖愣了下。

這語氣……好像賭氣的小孩子。

「妳想我走嗎？」他又問。

「這個……」

「這個？」難道、她、想、他、走？

「你在，挺好的。」小玖想了想，才回道。

小狐狸，她抱得挺習慣的。

蒼冥不知道她後面這一句，只聽她那句回答，沉悶的心情立刻變好。

「妳也很好，遇到妳，很好，我很高興。」

小玖偏過頭，就看見他下巴抵在她肩沿，雙手一樣摟著她，眼神專注地看著她，下一句話就是：「等妳突破皇級，我們就成親。」

小玖差點滑倒。

「成、成親?!」

「唔……其實也不用等皇級，現在就可以……」

小玖一把摀住他的嘴。

「什麼成親？沒有成親！」

蒼冥空出一手，拉下她的手，握住。

「我們訂契約了，是伴侶，一生不變。」

「我……沒有同意。」契約……他那時候根本沒問她！

後來他一直是小狐狸，又加上發生很多事，然後……有小狐狸在身邊，也很不錯，所以她……也就自動忽略這件事。

「為什麼不同意？」

蒼冥不高興了。

「這種契約……至少要兩個人很互相喜歡……」

「我很喜歡妳。」他打斷她，「不管是人族還是魔獸，我只喜歡妳。」

小玖：「……」

雖然這話聽起來是告白，但是一點也不是告白的語氣，比較像是在公告，她一點都沒有心跳加速的感覺或不好意思。

只覺得……囧囧有神。

「我看中了妳，與妳同享生命，只認妳一個伴侶，只看重妳。這樣，妳不喜歡嗎？」

這宣告很魔獸式。

蒼冥還是很文明的，不是看中一個伴侶對象，就直接把人打包回去。

但是他沒有給小玖拒絕的機會就是。

他看中了，就是他的。

他對她好、守著她。

至於拒絕，不重要。

他會守到她同意的。

這想法絕對很霸道的了，如果是以前，小玖一定賞這男人一腳，讓他有多遠滾多遠。

但是，這裡不是那裡。

蒼冥也不是一般男人。

不管他現在多好看、多厲害，都改變不了他的本質。
對人族感情的糾糾結結，他不太懂。
但是，因為認定了她，所以他先把他自己、他的心意與誠意，捧到她眼前，給她。
但是她好像不喜歡。
他不懂。
有點不高興。
也有點受傷。
小玖其實很想嘆氣。
要怎麼告訴一個本質與想法和自己完全不同的對象，結成伴侶之前，談戀愛、喜歡與感情之必要性？
人類的感情，千折百轉。
喜歡的、不喜歡的，外在與內在條件配不配的，家庭壓力的、中途變心的、劈腿的……最後會不會在一起，是個謎。
魔獸的感情，爽快直接。
就是直奔目的，談不攏的直接打一架，誰實力高聽誰的；至於什麼變心的不喜歡的，大概就直接言明，一拍兩散不必回頭。
這要說到他懂太難啦！
還是簡單粗暴一點好了。
「你說得都很好，我沒有不喜歡。」

「那……」他神情一振。

「你要先達到我的要求，我才會願意成為你的伴侶。」

「什麼要求？」

「第一，忠誠。不可以欺騙我，也不可以在我看不到的時候，和別的女性、雌性有任何曖昧或說不清楚的交往。」

「嗯，好。」好歹也混了人族好一陣子，蒼冥充分了解這個要求的意思。「別的魔獸不一定，但我天狐一族中，大多數族人，一生只有一名伴侶。」而他，只中意她。

他說的話，就是承諾。

小玖點頭。他這麼說，她相信。

「第二，無論發生什麼事，要和我站在同一立場。」

「夫妻當然要一致。」他點頭。

小玖瞄他。

還不是夫妻，不要連口頭上都想占她便宜啊喂！

蒼冥則繼續把她抱緊緊。

以行動告訴她，這是事實，不能改變，她可以要求、可以抗議，他可以等，但是他就只有這種認定。

小玖當然看出他的固執了，立刻說：「第三，要尊重我的意見。」

「好。」他立刻又點頭，不過有一個很堅定的但書，他不介意再重說一遍，「除了我們是伴侶這件事不能改變。」

小玖瞪他。

才答應要尊重她，馬上就違反了嗎？

蒼冥堅定。

是伴侶，才要尊重，會聽她的。不是伴侶的女人，他不理。

小玖繼續瞪他。

「我很尊重妳，所以沒有看中的時候，就直接把妳帶回家成親、生後代。」蒼冥覺得自己是一隻很愛重伴侶的魔獸。

身為王者魔獸中的王者魔獸，他比其他魔獸講道理，是應該的。

所以伴侶有意見，他好好聽了，然後大部分都同意了——這是愛的表現，他很合格。

蒼冥是這麼自我認定的。

小玖已經從瞪他，變成無語了。

他們兩個人對「尊重」這兩個字的定義，絕對不一樣！

「……強盜。」她終於擠出兩個字。

「強盜？」

「看中、打昏、拖回家。這是強盜的行為。」髮指他。

「強者為尊，弱者自然崇尚強者，願意跟隨。不是強盜。」魔獸的世界，就是如此。

只認實力。

沒有太多對錯、應該不應該。

這道理，她懂。

但是她不喜歡！

「小玖，這個世界，就是只認實力。」握著她的手，蒼冥輕碰她不滿的、微鼓的臉頰。

他能感覺得到，她不高興。

以他的智慧，大概能明白她不高興的原因，但是在這個世界，現實就是如此。

「神階以下的魔獸，獸性本能重，直覺行為就是——聽實力高的。而神階以上的魔獸，雖然有智慧、耍陰謀也不輸人族，但是遇到任何事，他們第一個反應，仍然習慣以實力決定一切。

「在人族的世界，實力，同樣是決定一切的要素。

「如果現在的妳，依然沒有實力，只是一個不能修練的人，那在端木世家的時候，妳就不會有開口的機會，只能服從。」

「我知道。」

「但是妳並沒有很在意。」蒼冥明白地說道。

小玖沉默。

她對實力高低，雖然知道很重要，但確實沒有太放在心上。

無論是前世或今生，她的天資與學習力一直很好，輕易就能達到旁人所達不到的成就。

這並不是她就不曾刻苦學習。

而是別人的刻苦學習，可能最多能得到八分成果；但是她的刻苦學習，最少都能得到十分成果。

如果不小心領悟了什麼，那就變成十二分成果了。

所以變強、或者說提升實力，對她來說從來不是一件困難的事。

這也導致，她一直沒有太把這件事放在心上。

「我，蒼冥，身為九尾天狐血脈，生來是王者，能使萬獸臣服、睥睨眾生。但是我，還是受傷了；並且，不得不離開我所出生的地方——神魂大陸。」

小玖一愣。

「神魂大陸？」

「嗯，神魂大陸。」蒼冥看著她，「一個比天魂大陸靈氣更濃郁、地域更廣袤、有更多人族與魔獸以及太古萬族存在，爭鬥更多、各種勢力更複雜、各類強者也更多的地方。

「在天魂大陸，魂師、武師、魔獸，是大多數。

「但在神魂大陸，至少要是神魂師、神武師、神階魔獸，才能在諸多勢力中有一點立足之地。」

小玖一愣。

她早就猜想到，可能會有一個比天魂大陸更大、各種層面更在其上的大陸。

但是沒想到在天魂大陸傳說中的神階，在那裡，只是基本的立足標準……

不對！

「你為什麼現在告訴我這個？」

以前不說，也沒有放在以後說，偏偏是現在說。

「因為，我怕我來不及告訴妳，就要離開了。」蒼冥輕聲道。

◈

小玖愣住。

「你、你要離開?!」

「就算我離開了，妳還是我的伴侶。」很認真地再補一次宣告。

小玖：「……」噗。

小玖不想笑的，可是就是笑了出來。

剛才一瞬間因為他要離開而產生的……不捨，以及來不及產生的傷感，瞬間沒了。

「你為什麼要離開？」傷感不成，乾脆問個清楚。

「只是一種預感。」

「預感？」魔獸，也有直覺？還是預知能力？

「天魂大陸，有其法則，本來就容不下我，只是我受了傷、實力大減，又一直以擬態出現，再加上天狐一族的秘法，才能暫時避過法則的感應，沒有被驅逐。」

「所以你每次化為人身，都會引來大雷，又很快變回小狐狸的樣子，就是因為法則不容許。」

「嗯。」他點頭。

不該存在的東西，就用雷劈。

「法則」，也挺悍的。

「之前我的傷一直沒有好，化為人身還能爭取幾息的時間；但是現在，只要我一化身出現，可能就必須離開天魂大陸。」也只有這個時候，蒼冥才會覺得，血脈太高，也是一種很大的麻煩。

「那只要保持小狐狸的模樣，你就可以一直留下嗎？」她偏著頭，看他。

「可以。但是……有更廣大的世界，妳不想去看一看嗎？」

看一看不同的世界啊，好像很不錯……

「小玖，就算我能留下，也只是暫時的。」她明白的吧？

他的存在，天魂大陸的法則不會允許；除非有一天他能打破法則，否則留在這裡，就會永遠受到制約。

再者，被追殺的事，他當然要回去找那些敢對他下手的人和獸算帳。

這是魔獸的尊嚴。

一旦被侵犯，必定加倍奉還。

「是誰追殺你？」他沒有說出口的話，她懂。

因為，她也一樣。

犯她、傷她親人者，雖遠、必誅！

即使同歸於盡，她也不後悔。

「天狐一族中的叛徒，以及魔獸中有王者血脈的白虎、麒麟兩族。」還有，那個在神魂大陸，自封為帝尊的人族。

想到族人送他離開時，族中血流滿地的情況，他的母親重傷瀕危的那一幕，蒼冥周身就泛出火焰。

直系血脈之間，互相感應。

蒼冥能知道母親還平安，但是傷勢是不是復原、與其他族人的狀況，卻不能感知……

「蒼冥。」她握住他的手。

火光延燒到她手上，卻沒有傷到她。

蒼冥看著兩人交握的手，對她說：「小玖，我必須回去。」

「嗯。」她點了下頭，望著他的臉，很衝動地又說了一句：「我陪你。」

「不能反悔！」他立刻接了一句。

他接得太快太順了，有種自己被自己賣了的感覺的小玖：「……」

沒給她多想的機會，蒼冥轉而說道：「一直留在這裡，對北御前來說，不是好事。」

「北」、「御前」，這名字好像有點熟悉，但是他並不認識。

只是，人族的名字，如果會出現在他傳承記憶裡的，應該都是很重要的人……

北、御前。

北、御前。

北……宮……

「什麼意思？」一聽到這句話，小玖不悠閒了。

「他有暗傷、又中了詛咒，如果遲遲不能解開，不但修為要倒退，連生命都有危險。他現在看似不受影響，是在強行壓制，而且……」蒼冥微低著眼，想了想，才開口：「他的本命魔獸，恐怕一直在承受詛咒的痛苦。」

魔獸本體，遠比人身健壯；以獸身承受詛咒，也比人身能撐持的時間更長久。而且承受詛咒時，魔獸可以進入沉眠，用以來減緩詛咒的痛苦，同時也能更拉長撐持的時間。

只是無論撐持多久，總有時限。

一旦過了魔獸能承受的極限，魔獸亡，本命契約主同樣不能獨活。

小玖臉色微變。

本命魔獸，與契約者生命同攜。

「北叔叔，也是神魂大陸的人？」

蒼冥點頭。

「他的實力，遠比現在更強，同樣不被天魂大陸的法則允許。但是，他應該是用了什麼方法，將自己的修階壓制在五星天魂師，才能在天魂大陸自由活動。」

剛出生的她、北叔叔突然來到端木世家，以及她從未見過的、傳說中的父母……小玖瞬間想到多種可能性。

北叔叔的命，很重要。

想起儲物戒裡，那些傳說中的父母留給她的東西——她好像真的應該認真學一學。

「小玖，雖然妳的魂力很特別，但是也要認真修練，不要滿足於現在。而且，我也怕妳以後，可能會有危險。」

「我會認真修練。」在團體賽結束之後。小玖想了想，又狐疑地問：「你很希望我去神魂大陸？該不會……是為了和我成親吧？」

「嗯！」這是很重要的目標……之一。

而且，只要小玖去了神魂大陸，他們立刻就可以成親。

至於皇級，那是不能化為人身的魔獸才有的煩惱。

對蒼冥來說，這種煩惱不存在！

「成親，不是皇級就可以，要等我同意。」剛才她被拐過一次啦，現在休想拐她第二次。

「……那妳什麼時候會同意？」

「該同意的時候，就會同意了。」

蒼冥好像懂了一點什麼。

「要很久嗎？」

「可能。」

蒼冥的眼神，很不願意。

「那到底要多久？」

「這要看你的表現。」

「我的表現？」

「你要想辦法讓我同意，那就可以成親。」

蒼冥想了一想，很認真就點頭了。

「我會努力。」

人生──不，是「獸生」大事，要嚴肅以待、謹慎以對。

小玖頓時鬆了口氣，蒼冥很講理的嘛。

「蓋個章。」

「蓋章？」

小玖才疑惑著，唇瓣，就被一股柔軟溫熱的東西，碰了一下。

一張俊美的臉孔，從她的眼裡放大、又退開。

小玖愣住。

蒼冥抿了下唇，覺得好像不太夠。

「再蓋一次……」又來?!

小玖這次瞬間回神，手掌直接抵在面前，推回他的臉。

「蒼冥，你這是非禮。」她義正詞嚴地譴責他，但是語氣有點氣勢不足。

「不是非禮，是蓋章。」

「蓋、蓋什麼章？」誰教他這種詞的?!

「約定的章。這是我們的約定。」蒼冥一臉正氣凜然……

個鬼！

明明是偷親！怎麼可以一臉那麼正氣?!

「什麼約定？」哪裡有？

「按我們剛剛同意，我們是伴侶，本命相連。」頓了頓。「我會努力，讓妳同意成親。」

在她晉升皇級之前。

蒼冥在心裡默默加了這一句。

「……」她是這個意思嗎？

「已經蓋章了，不能反悔。」蒼冥眼神防備地看著她。

她說的，他都同意了。

她不能再反對當他的伴侶。

要是她再反對……他就反對她的反對！

小玖：「……」

感覺好像說再多，都改變不了結果。

心……累。

但是，從本心來說，當初她在天塹山受傷，他不惜現身救她，差點被雷劈；那時候被親了一下、又被契約，她也沒有太不高興。

從小狐狸撲到她懷裡開始，她對小狐狸，就沒有太多防備。放在別人身上，這可能有點大意。

萬一他不懷好意，或是小狐狸會傷她呢？

但是，身為巫氏一族子弟，雖然她不具預知能力，但是對於身邊福禍的感知，還是有的。

在還沒有找回焱的時候，面對危險，小狐狸也沒有離開，一直陪著她。到後來找到焱、一路歷練、面對危險、解決敵人……直至來到帝都。

小狐狸從旁觀，到偶爾出手——其實是噴火，在她力有不及時幾度現身，又趕在天雷落下前，替她解決危險，再變回小狐狸。

真是，辛苦了。

小玖從來不寄望別人的幫忙，也並不需要。

雖然來到帝都後，北叔叔、四哥和六哥以及仲大叔，每個人都在保護她，讓她對這個大陸，真正開始有了一點歸屬感。

在這之間，和她日夜相伴的，除了焱，就只有小狐狸了。

小玖看他一眼。

明知他是個人——好吧，雖然他是魔獸，但會變成人的，她就習慣性把他看成一個人，而且是男人。

結果她竟然晚上也和他一起睡……

就算是小狐狸形態，他也還是一個男的啊！

小玖默默捂臉。

她到底是怎麼把這個重大的事實給忽略掉的?!

# 第六十三章　不小心，會被拐

她她她，她實在太大意了！

竟然被毛茸茸的外表，而且是很可愛的外表給矇住了。

太、大、意、了。

她對小狐狸，真的太不設防了啊！

話說回來，用這種方式接近女孩子，真的是一個很好的方法……蒼冥應該不是故意的吧？

……應該不是，他之前還受著傷呢！

「小玖？」蒼冥看著她糾糾結結的表情，感覺到她起起伏伏的情緒。

雖然沒有明確知道她在想什麼，但是八成在想「反悔和不反悔」。

嗯，親她。

想到就做。

蒼冥低頭，就又親了發呆的小玖一下、一下、再一下。

小玖被親得驚回神。

「喂！」不要趁機占便宜占得那麼……順口啊！

「不要想了。」他蓋住她的眼睛。

「做什麼？」叫她不要想，為什麼要蓋住她的眼……

嘴唇又被碰了一下。

好吧，她知道他為什麼要蓋住她的眼睛了。

一直被偷親！

她拉下他的手，憤憤地咬了一口。

蒼冥看著她，淡漠的臉龐，卻漸漸彎起一抹微笑。

「還笑！」色狼……不對，色狐！

「多蓋幾次，妳才跑不掉。」

小玖狐疑地看著他。

「蒼冥，你該不會故意裝傻、在耍無賴吧？」

「是的。」他就誠實地點頭了。

陰謀變陽謀。

小玖無語了一下。

「聽說，人族男子，追女子都用這一招。」他學得大概不夠好，馬上就被小玖看出來了。

沒關係，一回生二回熟，以後一定學得再好一點，爭取讓她看不出來。

「那是無賴的男人才用的爛招數。」要學也要學點高大上的招數啊！學個無賴……還不如不學呢！

小玖恨鐵不成鋼。

「好用比較重要。」蒼冥很有見解。

招不在新，有用最好。

「我才不要以後的伴侶，是個無賴。」小玖嚴詞道。

「那我不無賴，我們是伴侶，可以成親了，對吧？」蒼冥立刻道。

「對……不起！不無賴是男人的基本素養，不是成親的條件。」差點就點頭了，他也太順口了！

幸好她及時轉口回來。

好危險！

……不能小看一個外表酷酷的男人。

否則，當他腹黑起來，你就會中招。

……沒想到蒼冥，是這樣的蒼冥，不愧是隻狐！

「那成親的條件是什麼？」他很有學習精神地問道。

「是……別人的成親條件，我的，要等我想到再說。」迅速轉移話題，「你不是說，不同種族，要皇級才能成親嗎？」

「可以先成親，實力達到皇級以上，再結合。」小玖那麼難拐，當然是愈早拐到愈好。

他理所當然地說完，小玖臉紅了。

「……」不要說得那麼理所當然呀喂！

她要再加一個附註：不要以為酷酷的男人就不會厚臉皮，他們臉皮一旦厚起來，更讓人招架不住。

蒼冥看著她臉紅紅，雖然不知道為什麼，但是很好看！

他伸出手，抱住她，臉頰靠在她頸側。

「我相信妳很快就會晉階到皇級。」

「你怎麼知道?你別忘了，我的魂階測出來，最最低等。」當時蒼冥也在的。

「不用在意，那並不是妳真正的魂力。」

「你怎麼知道？」她稍微推開他的臉。

他靠太近了，她有點不習慣，可是好像也沒那麼……不習慣，因為小狐狸很常待在她肩上，他們的氣息、感覺都一樣……呃，小狐狸就是他呀!

「之前我就有懷疑，再經過剛才那一戰，我就確定了。」說到這裡，他語氣頓了一下，才說道：「小玖，妳應該不算是天魂大陸的人。」

小玖神思一閃。

「你該不會要說，我是神魂大陸的人吧？」

「嗯。」點頭。

小玖無語了一下。

「我姓端木。」北叔叔不會錯。

她的父親，是端木家族的人，怎麼她就變成不是天魂大陸的人了?

「妳的母親不是。」

「……」好吧，半個她，不是天魂大陸的人。

「小玖，妳知道藏魂一族嗎？」

小玖一僵。

想到在儲物戒裡母親留給她的那一大堆，統統和魂力呀、詛咒呀什麼的，有關的東西……

雖然是母親特別留的，可是自從救了師父後，她就再沒有翻出來看過……心虛虛。

「小玖，妳有『藏魂一族』的血脈。」而且天賦……又與眾不同。他的小玖，也許會成為號令藏魂一族的人。

「這個血脈，很特別嗎？」

蒼冥繼續說道：「藏魂一族，在神魂大陸的傳說裡，是很特殊的一族，據說族人不多，也很隱秘；也有傳說，藏魂一族早就滅族。

「事實真相是什麼，我不確定，但是在天魂大陸，應該沒有什麼人聽過這一族；就連在神魂大陸，也已經超過好幾千年沒有出現這一族的消息。

「我的傳承記憶對這一族的記憶不多，所以知道得並不詳細。

「可以確定的是，這一族人最大的特點，就是族人的魂力與眾不同。

「但其中最特殊的，就是妳這種——旁人覺察不出、也看不出妳有什麼厲害，但是妳的魂力，卻有消弭一切力量的能力。」

如果說，魔獸的法則，是遇到血脈比自身高等者，實力先弱三分。

那麼人族的法則，就是所有修練魂力的人，遇到藏魂一族的人，都會先弱三分。

只不過魔獸是根據血脈，人族則是因為，藏魂一族對魂力的操控力。

這也可以解釋，為什麼小玖明明實力強悍、積蓄的魂力能勝天階，卻只有一星魂師的魂力。

「消弭？」小玖想到，剛才她在劍招中加上魂力，輕易打散王座攻擊、讓攻擊力道完全消失的戰況。

還有在禁靈山上，她完全不受陣法束縛，輕易進出的情況。

她是下意識地使用，像是一種本能，卻還沒有細想過其中有沒有什麼原因；難道，這是因為血脈？

蒼冥又說道：「在禁靈山上，妳能無視陣法、自由進出，也是因為妳的魂力特殊。但是消融陣法形成的柵欄，則是因為我的火焰。」

「火焰？」

「我們生命相攜，我的天賦能力，妳也能使用。現在我的修階不算高，所以能消弭的，也就這些低級陣法、和妳所能看到的一切東西而已。」

簡單來說，天魂大陸上，沒什麼東西是他不能燒的。

但是蒼冥對自己現在的能力，不是很滿意。

但是在去神魂大陸前，能保她安然無恙，蒼冥勉強就接受「這麼弱」的自己了。

「焱的火，也很厲害。」小玖有感覺到，蒼冥好像很嫌棄自己的火。

「用我的。」蒼冥不想提那團「睡覺的火」。「妳是我的本命契約者，當然要用我的火。」

小玖突然福至心靈。

「你跟焱，每次見面就吵架，該不會就是為了這個吧？」

蒼冥的表情，可疑地頓了一下。

「這只是其中一個最微不足道的原因。」他輕描淡寫，表示這件因素一點都不重要。

「那最主要的吵架原因是什麼？」小玖很好奇。

「……」當然不能告訴妳。

雖然很幼稚，但是關於「主權」問題，再幼稚也要爭。

「那顆火球，最好再養養，所以，用我的火就好。」務必在那顆火球養好之前，讓小玖習慣他的火。

「焱，還要睡很久嗎？」小玖立刻問道。

雖然很好奇他們愛吵的原因，但是焱的安好更重要。

「應該不會太久。」雖然很想一拳揍得那顆火球再睡久一點，不過蒼冥不會在這種事上說謊，「那顆火球，應該是耗費了大量本元，所以不得不重新孕化；以人族的語言來說，就是沉眠、吸取靈力修復自身。」

如果是別的事、或是人族的事，問蒼冥，他大概不了解、也不懂。

但如果說到修練或是魔獸、天地異寶的事，他的傳承記憶裡都有，問他就沒有錯。

「那就好。」小玖放心了，很期待焱回來。

蒼冥盯著她臉上的笑容。

「妳只喜歡那顆火球嗎？」不開心。

「焱……一直陪著我、也保護我，以前，焱是我最好的伙伴、也是唯一的伙伴，沒有焱……大概不會有現在的我。」

小玖的意思，是沒有燚，她大概不會在這裡出生；但是蒼冥看起來，更不開心了。

……這莫名的「後宮爭寵」的既視感是怎麼回事？

……一定是錯覺。

「現在有我。」所以那顆火球可以睡久一點。

「做人不可以喜新厭舊。」怎麼覺得，這話題好像朝向一種詭異的方向發展了？

「讓那顆火球好好休養才是對它好，而且，我們生命相攜，只要妳有念頭，自然就能使用我的火，即使我不在妳身邊，妳也能用。」想了想，即使不太高興，還是加上一句：「如果我的火焰聲勢不夠浩大，再用那顆火球來補。」

雖然看那顆火球不順眼，但是那顆火球，的確與眾不同。

如果說火焰也分強弱，那顆火球，強大得可以橫掃千軍了。

兩火合一，就算在神魂大陸也可以橫行無阻；區區天魂大陸，絕對沒有這火燒不了的東西。

「我又沒有隨便放火的嗜好，要那麼大聲勢做什麼？」小玖聽得有點哭笑不得。

「有備無患。」

燒一座城，在蒼冥眼裡實在不是什麼大事，他一隻腳就可以踩扁一座城，根本連火都不必放。

嗯，這就是個事實。

不要以為他的擬態很可愛就很弱，他的本體就是這麼霸氣。

「……」關於燒城這個話題，還是別討論了。「蒼冥，如果大陸和大陸之間是不相連的，那你是怎麼來的？」

「我的血脈之中，有一種天賦本能，是穿越空間屏障；如果不是因為我實力還太低，也不會被人追殺到受傷。」雖然最後他反殺了那幾個膽敢追殺他的人，但這在蒼冥的記憶裡，也是妥妥的黑歷史。

「人族則有人族的方法，一般來說，只可往神魂大陸，卻不能從神魂大陸回到天魂大陸。」

「那北叔叔……」

「應該是有人劃破時空，送他回來的。」

但是要從神魂大陸回到天魂大陸，首先面對的，就是實力會降等。

無論在神魂大陸，自身修階超過神階多少，到了天魂大陸，一律會降到神階以下。

「北御前的情況，應該算比較特別。以他的狀況，就算留在神魂大陸，實力一樣會倒退；來到天魂大陸，對他來說，反而安全。」

即使只是五星天魂師，憑北御前的身手和對修練的感悟，就算面對聖魂師，也有一戰的實力。

雖然不知道北御前發生過什麼事，不過，大概也不出那幾種狀況。

仇殺、追殺、逃殺。

來到天魂大陸，或許暫時生命無憂，但如果北御前不想就此放棄、在天魂大陸終老，那有一天勢必也會回到神魂大陸。

「……總覺得，你在拐我去神魂大陸。」小玖咕噥。

「妳不想去嗎？」蒼冥莞爾。

他說這些才不是為了拐人，而是告訴她實際情況；如果能順便拐到人，那是賺的。

「不想。」毫不猶豫地。

蒼冥神情一愣，好像有點不敢相信。

小玖才慢悠悠補了一句：「現在不想。」

蒼冥眼神幽幽地看著她。

小玖噗地笑出來，表情傲嬌，「只准你拐我、不准我嚇你一下呀！」

蒼冥眼神一暖，把她抱進懷裡，揉一揉，才說：「可以。」

論身高，比不過他；論力氣，比不過他；論……好吧，也不用論了，總之就是，她也體會了一把「當小狐狸」的……樂趣？

不要以為她不知道他們現在是什麼樣子。

除了個子不符以外，她平常抱小狐狸就是這樣的。

哼哼……嗯?!

還沒傲嬌完，整座宮殿突然震動了一下，在實體與虛影之間晃了一下。

同一時間，外面天空雲潮湧動。

蒼冥心神微感。

「真可惜。」

「可惜什麼？」小玖看了眼四周，確定還有沒有餘震。

「準備一下，我們該回去了。」

「回去？」呃?!

◈

從一座荒山，到另一座荒山，需要多久？

小玖答曰：一眨眼。

真的是一眨眼。

而且一點感覺都沒有。

在蒼冥說完那句話、她還沒意會的時候，蒼冥就抱著她，像是穿過了一層薄膜式的屏障，然後……

蒼冥變小狐狸了！

宮殿不見了！

他們到另一座荒山了！

但是一落地、懷裡多了熟悉毛茸茸的同時，小玖瞬間斂息、足尖一點瞬間轉向、找遮蔽物、藏匿。

一秒完成。

接著就看見陰星流疾閃而來，左臂下垂、全身血跡，顯然受了重傷，而且左臂不能再動。

而在他後方，傳來一聲尖銳的厲喝：「飛天爪！」

一道兩人大的黑影從陰星流後方空中，由上而下，以人眼看不清的速度，疾射向陰星流。

陰星流沒有回頭，卻憑戰鬥本能反應，在黑影撲到他身上前，朝右邊一滾，狼狽地避開黑影的攻擊。

黑影雖然失手，爪印卻煞不住劫地直接留在地上——

「砰！」

三爪印。

就這一刻，小玖已經看清楚這團黑影的樣子。

貓型四肢、尖耳，卻是人面、人身。

而且那張臉，她有印象。

陰星柔?!

才驚訝著，黑影顯形瞬間，又是一個縱撲。

陰星流再滾地好幾圈，及時躲開，還半蹲起身，同時蓄勢，在第三次黑影攻擊而來時，右手舉臂一擋。

「鏗！」

就見陰星流的手臂上裹著一層護臂，與三爪相擊之下，三爪被擊退。

但是黑影並沒有放棄，反而在逼退時又靠著靈巧的身法，再度向陰星流持續攻擊。

陰星流左臂半殘、身受重傷，對著攻擊，只能被動躲閃，完全無力反擊。

兩、三個眨眼間，他身上又多了好幾處爪傷，但他始終保持守勢，神情淡漠，除了愈來愈白的臉色，對身上流的血沒有任何表情反應。

黑影一看他這種神態，就更加氣憤，忍不住怒咆一聲，兩手的爪子也攻擊得更快。

刷！刷！刷！刷！

「吧呦嗚！吧呦嗚吧呦嗚！殺、了你！」

小玖一愣。

「這是……」

「那隻飛天貓的吼聲。」

「鎧化……會變這樣？」小玖有點目瞪口呆。

「是陰星柔，被飛天貓鎧化。」

原來是陰星柔，被飛天貓鎧化……等等！

「主僕契約，主被僕鎧化?!」

「嗯，是反噬。」小狐狸回道。

「契約還有這種副作用?!」

「……副作用？」

「不小心用錯詞。重說一次：「契約還會變成這樣？」

「一般而言，不會。除非是當初契約的時候，『主』本身的魂力就不足以完全壓制魔獸，在契約成功時，不是『主僕』，而是『平等』契約；這樣的契約，如果魔獸本性又偏兇殘，就很有可能趁著『主』受傷、或是修階相差過大的時候，直接進行反契約，讓『主』反成『僕』。」

小玖很驚訝。

「竟然還可以這麼玩？」魔獸們真是……不對，也不能說魔獸兇殘。

在這個世界，魔獸不比人族弱，同樣能修練、同樣有智慧，傲氣與尊嚴也不比人族低。

這樣的魔獸，不甘心被人族契約為僕從，一有機會便反噬其主，也不是太奇怪的事。

如果放在人身上，背叛也從來不是什麼稀奇事。

一人一狐才在神識裡說了幾句話，陰星流已經變成半個血人，看起來意識有點昏沉、全身乏力，再這樣下去，他很快就會完全變血人，然後死人了。

小玖沒多考慮，意念一動。

要抓向陰星流胸口的爪子，被一柄長劍擋住。

「鏗！」一聲。

同一時間，小玖將小狐狸放到肩上、飛身而出、持劍、一揮！

飛天貓頓時慘叫一聲：「哇！」

她右手的三爪，已經被砍落地面，她憤怒地抬起頭：「端、木、玖！」飛天貓的雙眼，瞬間變血紅。

即使反契約，陰星柔也不會忘記她這輩子最恨的人。

那個害她在擂台上丟盡臉面的人！

「我該叫妳陰星柔？還是叫妳『貓奴』？」

「吧呦嗚！」飛天貓怒吼一聲，嘎嘎地怒斥一句：「大、膽！」

小玖搧了下耳朵。

「好難聽。」

陰星流：「！」

雖然受傷很重、很難移動，但他還是大喘著氣，一吋一吋，努力把自己移得遠一點。

他沒忘記這位「傳說中的廢材」，在擂台上把陰星柔氣得快升天的事。

「吧呦嗚！」飛天貓又怒吼。

「聽不懂。」

「吧呦嗚吧呦嗚吧呦嗚！」人族的語言那麼難學，只有呦呦叫最直接。

「我不是貓，」端木玖很嚴肅地看著她，「聽不懂貓語。麻煩妳說點人話，不然誰知道妳在呦呦叫什麼？」

飛天貓簡直氣炸！

「妳……該、死！」

才吼完，飛天貓三爪連抓。

小玖劍勢連擋，每一劍都架在爪子上。

「鏗鏗鏗鏗鏗！」

但飛天貓的三爪，卻從單手，漸漸變成左右接連不斷。

被小玖斬斷的右三爪，竟然自己長出來了！

小玖在發覺的同時，立刻飛快急退，與飛天貓拉開距離。

「貓爪可以再生呀？」她低呼一聲。

「砍了就是。」小狐狸說得好輕巧。

但是小玖照辦！

長劍一揮，飛天貓再度哀叫一聲。

「哇！」這次變左三爪。

飛天貓更狂躁了，追著小玖以魂力狂砸三爪。

「砰！砰！砰！砰……」

每砸一次，就在地面上形成一個三爪印。

但是無論她怎麼砸，就是砸不中小玖。

「這爪印實在是……」小玖將劍收在身側，身形快速躲避的同時，還有空對著地上的爪印「審美」一下。

結論：不符合她的美學。

評語：「醜。」

飛天貓靈敏凶猛的動作突然一頓。

這個字像是引起她什麼不好的回憶，讓她的表情一下子扭曲起來，整個人狂躁一聲：「吧——嗚——吧呦嗚！」

發洩式地大嚎一聲，之後猛叫著撲向端木玖，左右三爪成印，往最恨的人不斷襲擊。

刷刷刷刷刷刷……

三爪不但爪身尖銳，爪風更是利如刀刃，落在地上的爪印，更是深達三寸、長達一尺。

可以想見，如果被她的爪子抓到一下，不是直接被抓破內臟，就是傷口深可見骨。

小玖以劍避擋之中，內心無語了下。

「她好像……變厲害了。」

這殺傷力，比剛才要殺陰星流的時候，更強啊。

「狂化。」

「狂化？」

「魔獸血脈沸騰，理智全失，只剩攻擊嗜血的本能。」說著，小狐狸看了地上的痕跡一眼，表情和語氣明顯嫌棄：「弱。」

小玖又無語了下。

她現在已經完全明白，為什麼蒼冥看見任何魔獸，即使體型看起來差距像螞蟻對大象，他還是一副睥睨世間，把對方鄙視到底的模樣了。

「來了。」

小狐狸提醒一聲，小玖回神。

就見陰星柔趁她剛才分神的時候，一個加速撲向她！

「小心！」

「鏗！」

兩道聲音同時響起，小玖手上的劍擋住一只三爪，陰星柔另一只三爪卻猛烈揮了過來，目標：小玖的臉……

「鏘！」

隱在小玖周身的護身飛劍頓時顯形，將三爪擋在一尺外。

突擊失手，陰星柔的神情立時陰鬱了下，然而發現失手的同時，她立刻跳躍後退，閃過護身飛劍的反擊。

小玖的表情沉了沉，小狐狸的眼中，更是紅光一閃。

因為近身相戰了才發現，陰星柔的雙手的六隻爪身，竟然在攻擊她的時候發出烏青的反光。

「毒？」

想毀她的臉？果然深仇大恨。

小狐狸：「哼。」

想傷小玖，死無全屍很適合這隻弱貓。

「我來就好。」小玖摸了下牠的頭，安撫一下小狐狸想直接噴火把爪子連人加貓一起燒掉的念頭。

「她的爪毒不是天生的，時限三個時辰，現在還剩半個時辰。爪毒見血封喉。」陰星流恢復一點力氣，立刻很快地說道。

小玖沒看他，但是點了點頭表示聽見了。

弱點被講出來，披著陰星柔外表的飛天貓又炸了。

「吧呦嗚！」

兇狠地叫著又爪向陰星流。

小玖身影一閃，立刻擋住。

「妳現在的對手是我，別搞錯了。」說完，還對她笑了笑。

這種笑看在陰星柔眼裡，簡直就是大、挑、釁！

「吧呦嗚！」趁著兩人距離相近，陰星柔的爪子立刻轉向，再抓向小玖，爪尖引動氣流。

小玖反手一轉，長劍一揮。

「顆顆顆顆顆。」

六隻烏青色的爪子，全被削斷，掉到地上。

「吧嗚……」陰星柔慘叫一聲，迅速後退，轉身就想逃。

「想跑可不行。」小玖左手一揮。

護身飛劍之一附上火焰，疾射向前……

「呦……」

一劍穿心而過。

陰星柔當場倒地。

一隻兩人高的飛天貓同時從她身上化出，胸火被火燒出一個洞，死得不能再死。

「燒了她。」小狐狸在神識裡說。

小玖看了一眼，默默點點頭，的確很傷眼。不過……醜，傷眼。

「聖獸的皮、骨什麼的，算是還不錯的煉材，聖獸的獸核可以當煉材、也可以賣錢。」這樣打一架，不虧本。

而一旁的陰星柔，小玖伸手一張，凌空取來她身上的儲物品，倒了出來。

有好幾萬金幣、有獸皮獸核獸骨、有二到三星的魂器各一把，以及她所在隊伍的號碼牌、奪來的號碼牌……一百多面?!

「小狐狸，我們賺了耶。」

「……」某狐狸默默點了下頭。

還沒有機會使用金幣的某狐狸，完全體會不到金幣的好用之處，不過小玖高興就好。

「打劫，果然是個很有『錢』途的行業。」

「……」這結論好像有點怪，但是某狐狸，還是點點頭。

小玖說的，都是對的。

他就是這麼作伴侶後盾、寵伴侶的，沒二話。

小玖提的三個條件，他很認真地記著呢！

# 第六十四章　為了北叔叔

小玖偏過頭，看著在她肩上的小狐狸，想像蒼冥一本正經的樣子……

「噗。」

小狐狸也偏著頭看著她，有點疑惑。

「我們如果立志當強盜，好像很沒出息。」

堂堂魔獸中的魔獸王者戰鬥機，攔路搶劫什麼的……小狐狸僵了一下。

但是如果她喜歡……

「順手玩一玩可以，立志就不用了。」她拍拍小狐狸，她開玩笑的，不要當真哪！

「嗯嗯。」小狐狸這次頭點得超快。

小玖一看到他「如釋重負」的表情，忍不住偷笑好幾聲。

把戰利品整理完畢了，小玖才轉回頭，那五個拿出來，問道：「你和陰星柔……好像不同隊，你的號碼牌在這裡嗎？」她沒忘記後面還有一個人呢。

「沒有，在我身上。」陰星流主動拿出來，交給她，而且，連同他奪來的號碼牌好幾十面，都堆在面前的地上了。

小玖默了默，這人真老實。

「不用。」小玖把號碼牌全部推回去。「我只要這些。陰星柔的這些東西算我的，你沒意見吧？」

「沒有。」陰星流搖頭，問道：「為什麼不要我的號碼牌？」

「我救你不是為了要號碼牌，只是看陰星柔不順眼而已。」說到這裡，小玖很「善良」地一笑。「如果陰星柔知道她輸了，你卻好好地得到團體賽名次，說不定會氣得想活過來。」

讓討厭的人死不瞑目……小玖露出一抹宛如蓮花般的聖潔微笑。

陰星流：「……」

好的，他知道了，這性情，他懂了懂了。

「小玖很好。」某狐狸卻很滿意。

既然是仇人，不死不休算什麼？在修練魂力的大陸，神魂俱滅才是應該的。

「你的傷，還好嗎？」小玖問道。

「沒有大礙。」雖然傷上加傷、逃得狼狽，但他很注意，寧願重傷、也不能中毒。

對天魂師來說，再重的傷，只要修階在，很快就會恢復。如果中了毒，那才是麻煩。

現在，頂多就是以後再多花點時間，療傷和修練了。

「那就好。你可以邊修練，如果你不介意，我想問你幾個問題，可以嗎？」

「可以。」可以，他盤坐下來，運轉魂力，一心二用。

「從比賽開始到現在，經過多久？」

「大約一天半。」雖然奇怪她為什麼問這個，但陰星流還是仔細回道。

小玖心裡一驚。

她才和蒼冥聊個天，這裡就過一天半了?!也太快。

果然，兩個空間裡，時間的流速並不一樣。

「妳怎麼知道？」小狐狸在神識裡問。

「感覺。猜的。」

小玖原本就具有操控空間的能力，儘管還很弱小，但對於空間變化的感應，卻很敏銳。

她只是有種感覺，然後就想到這種可能性。

現在，就更確認了。

「你和陰星柔，怎麼說都是……手足，」雖然是互相仇視的手足，「為什麼她一直要殺你？」

「在陰家，天賦與實力，就代表一切，除此之外，就算是血脈關係，也是假的。」陰星流很平靜地說。

「就算出生來自同一個母親，但是在陰家的教育裡，只有自己，才能做唯一的天才，其餘的，都只能是陪襯。」他的天賦與修階比陰星柔高，以陰星柔狹窄的心性，不想殺了他才奇怪。

「這種事，陰家的長輩不管嗎？」嫉妒比自己厲害的人，很正常。但是一個家族要長久存續，就必然要有優秀的後代，就算族中鼓勵競爭，也不至於放任子弟互相殘殺吧？

陰星流淡淡地回道：「我不是煉器師。」所以不必保護。「無論是魂師或武師，都需要磨練和實戰。」所以互相殘殺什麼的……能活下來，才算有實力，否則，都是假的。

陰家對此唯一的限制是：不同輩分、超過百歲，不能以大欺小；同輩分、年齡相近，生死自己擔。

小玖咋舌。

優劣淘汰法則。

這做法，跟訓練殺手沒有太大差別了。

一個家族這種做法，有點可怕。

可是陰家強盛了。

這表示，陰家族長，有更大的圖謀嗎？

「最後一個問題，你見過北叔叔和我的哥哥們嗎？」

「沒有。」陰星流搖頭。「不過，之前西邊山腰有光芒射出來，現在還存在的團體隊伍，可能都會朝那邊去。」

「多謝。」問到可能的消息，小玖起身就要走。

「請等等。」

小玖回身，「還有事？」

陰星流站起來，很快地道：「這次團體賽，並不是表面上看起來這麼簡單，據我所知，已經有不少家族子弟的隊伍與一些較有名氣的傭兵隊伍被殺，策劃這件事的人——很有可能就是陰家主。」

「你確定？」

「嗯。」他點頭。「詳細計畫我不知道，但是陰家十個隊伍之中，除了我所在的這一個，其餘九個隊伍，一進山谷，就全部潛匿了。」

「那她的目的是什麼？」

「我不知道。也許……她想要成為天魂大陸第一人。」

「這麼單純？」

搞一大堆事，就為了「稱霸大陸」？

好吧，要達成這個目的，的確會弄成一片腥風血雨、手段百出。

但是恕小玖實在看不出來，稱霸了大陸有什麼樂趣可言。

想人人膜拜她、把她當女神看嗎？

「她……很討厭有人違背她的話。想要的東西如果得不到，會非常氣憤。」還有一句話，陰星流不好意思說。

做為陰家主這輩子唯一得不到、不受她誘惑的男人，端木玖父親的名字，非常頻繁地在她嘴裡出現。

「……」果然是自戀的女神經病患者，還是棄療的那種。

「她也……很厭惡妳，妳要小心。」陰星流提醒道。

小玖覺得自己有點躺槍。

不過沒關係，多個敵人而已。

做為一個曾經把各國大佬坑進火裡的人，仇恨怨念什麼的，小玖表示：小意思，不算大事。

「我知道了，多謝。」小玖才要說告辭，陰星流搶先一步開口——

「我想跟妳一起走。」

小玖訝異了下，還沒回過神，他又加了一句：「我以魂師之名發誓，不會傷害端木玖。」說完，他以很堅定的眼神表示：要跟她一起走。

小玖頓時無語了。

這是強買強賣啊！

「如果玖小姐不放心，我願奉妳為主。」陰星流很認真地說。

小玖這下不是無語，是驚悚了。

「奉我為主?!」

「是。」陰星流按著胸口，很真誠地說道：「我的直覺，告訴我應該這麼做。」

「不必。」她轉身就走。

陰星流二話不說，就跟在她後面。

而且跟緊緊。

除非小玖利用空間瞬間移動，否則大概是甩不開他的。

小玖有點鬱悶。

救一個人，等於救一個跟班？

這生意看起來是賺了，但是……小玖不需要呀。

◈

「吼……」

「嗚……」

「呱呱呱呱……」

山林裡，充斥著各種聲音，有大有小、有遠有近。

小玖抱著小狐狸，朝著陰星流說的方向，默默前進，卻也默默地避開那些聲音的方向。

陰星流在後面，一步跟一步。

跟著跟著，他漸漸發現，她走的每一步，都悄無聲息，連氣息都變得似有若無。

即使距離聲音來處只有一丈，也沒有被任何人或獸察覺。

反而他自己，如果不是一再收斂氣息，恐怕已經被發現了。

兩人一前一後，就這樣默默走了兩個時辰。

而這些叫聲裡，除了魔獸本身之間的生存爭鬥，還有更多的是這屆大比進來的隊伍在獵捕魔獸。

還有少數，是隊伍之間的互相獵殺。

隊伍之間的獵殺，多數是論輸贏，輸者交出號碼牌，然後離開山谷。

但有一部分，卻是輸的一隊，全員被誅滅。

「這個賽程，有點怪怪的。」小玖在神識裡和小狐狸說話。

「優勝劣敗而已。」在小狐狸的眼裡，生存本來就是一場淘汰賽，一旦相爭，贏的活、輸的死，如此而已。

「這樣的比賽，雖然傷亡難免，但是那些人……好像是故意殺人，完全不留活口。」而且那些人變化成的樣子，有點眼熟。

小狐狸也沉默了。

是有點不太對勁。

但因為對魔獸的影響並不大，所以牠並沒有太在意。

小玖悄悄遠離另一邊的爭鬥後，才問陰星流：「那些人的鎧化……」

「都是陰家人。」陰星流很直接回道。

她才剛回帝都，很多人不認識是很正常的，但是他不同。而且因為他就和那些人住同一個家族，所以那是些什麼人，他完全知道。

小玖愣了下。

「他們都和陰星柔一樣？」

「嗯。」雖然沒說清楚，但是他知道她在問什麼，就又點頭了。

「陰家到底怎麼回事？」這情況，小玖再呆也覺得該警惕了。

嫡系子弟應該都很珍貴吧！而且天賦愈好愈珍貴呀，怎麼陰家眾子弟，都被……反契約了？

這次陰星流搖頭了。

「我只知道，在入山谷之前，族中子弟之中，有半數都得到家主賜藥；進入山谷兩個時辰後，我所在的隊伍中，就有人在之後的對戰中，被自己的魔獸反契約了。」

陸陸續續，只要吃了藥、又使用魂力鎧化的，無一不被反契約。

然後那些人開始攻擊他。

他邊戰邊退，卻不巧遇上陰星柔率領的隊伍，頓時陷入被圍攻的情況，不得不反擊自保。

他遇到她的時候，是已經擊殺數個同族子弟逃出重圍，但還是被陰星柔追上的慘況。

「你沒被賜藥？」純粹好奇。

「我的契約魔獸受傷未癒。」不能鎧化，所以才沒被分到藥丸。

小玖想了想，不太明白，「反契約，讓自己的族中子弟變成魔獸的僕人，是為了提升整體戰力嗎？可是提升了戰力、犧牲了子弟的未來，這樣划算嗎？」

要這種提升，是為什麼？

如果是為了奪得冠軍、揚陰家之名，那不是只要搶到隊伍號碼牌就可以了嗎？

但是就她所看見的好幾次交戰，陰家的隊伍是拿到了號碼牌，但也把敵方的隊伍給滅掉了。

滅掉了幾隊可能還沒關係，但是滅掉這麼一二三四五……的很多隊，不怕引起公憤嗎？

還是陰家主的底氣很足，不怕公憤？

或者，她為什麼要這麼做？最終的目的又是為什麼？

小玖瞬間想到好幾個疑問和念頭，有點想不通。

但是她又想到，陰家在短短時間內發展、然後在大陸勢力中占有一席之地，就算沒到一流，也有了二流的底氣……

「她該不會想再進一步，讓陰家成為一流家族，或者，想成為全大陸最有勢力的人？」小玖嘀咕。

雖然講起來很中二，但這世上就是有這麼多中二的人啊！

「可是有一點說不通。家族地位要提升，優秀的子弟必不可少，但是現在陰家的家主做的事……好像在截斷自己家後輩的未來呀。」

魔獸為主，人為僕。

那還能有未來嗎？

「人族體魄天生不如魔獸，如果魔獸不善待，為僕的人族只有死路一條。」小狐狸在神識裡說道。

簡單一句話：人族體魄不耐操。

或者神階以上的體魄可以和相同等級的魔獸拚一拚，但如果是神階以下，魔獸的體魄，妥妥碾壓人族。

「難道陰家主沒有中二想法，只想在這次的團體賽中得到名次，宣揚家族名聲、得到獎品？」在神識裡說完，小玖自己都覺得太不可能。

總不會是陰家主憤憤不懣自己多出了幾樣獎品，覺得自己太吃虧了，所以不擇手段要拿回去，多得的就賺了？

「她的心裡，除了她自己、還有她的目標之外，家族只是附帶的，不會被她真正放在心上。」陰星流默默地說道。

「連自己的孩子，她也不在意嗎？」

「沒有用的、不被她看重的，就不會在意。」他回道。

小玖咋舌。

只有自己和目的，視其他生物為芻狗啊。

她輸了她輸了。不過……

「怎麼聽起來，有點喪心病狂的感覺？」

「雖然離這四個字可能還差一點，不過也沒有距離太遠了。」陰星流淡聲說道。

小玖轉頭看他，想了想。

「她……是你的母親吧？」

「是『家主』，不是母親。」陰星流語氣淡淡地糾正：「我是她和……不知道第幾個情人所生，不得她的承認，就不能叫她『母親』。」

「這麼嚴苛?!」小玖瞪大眼。

「嗯。」他點了下頭，又覺得不對，立刻補了一句：「應該不是嚴苛，說是憑喜好可能更貼切一點。」

「你家好像很複雜。」好任性的家主。

「也沒有太複雜。」陰星流自己卻很坦然，「陰家家主的嫡生子女中，很少有同一父親的，我的父親，本來和陰家主就沒有感情，當初純粹是……意外，湊數的，所以我被生下來後，陰家主自然不重視。」

重點是，兩個男女也很「同心」。

無論前個晚上兩人感情多好，一覺醒來後，兩人都巴不得不認識對方，立刻分道揚鑣。

照理說，這種情況下，陰家主不會生下他。

但偏偏，他的親生父親雖然只是個散修，卻頗有天賦，所以陰家主也就寄望這個意外受孕的孩子能天賦好、合她心意。

誰知道這孩子是天賦好沒錯，但完全不合她心意。

長相不合、性別不合、性格更是不合。

所以他一出生，就被陰家主「放養」了。

而與生父……父子之緣，僅僅一面，而後便天各一方。

「這應該算是家……事吧，你就這麼告訴我，可以嗎？」小玖有點瞪呆地看著他。

其實，她更想說的是「家醜」。

「這並不算是什麼秘密，只是妳久不在帝都，所以沒聽過而已。」陰星流不會刻意隱瞞，但也不會迴避。

很多人知道的家事，當然也不是什麼家事了。

如果陰星流只是一個資質平凡的陰家子弟，那他的事大概也沒有多少人想知道。

偏偏他天賦好、卻又不受家族重視，甚至被排擠，那不引人注意才怪！

然後稍微打聽一下，他的情況三、兩下就被調查得詳詳細細。

實在算不上什麼秘密。

他也從不自然、不想被別人知道，到後來很坦然，一心放在修練上，全力提升自己。

憑實力做任務、得獎勵，換取修練資源——對陰星流來說，這是最適合他的生存方式。

而後輾轉聽說，他的生父似乎在一次歷練中，不幸殞落。

然而，到底是真的歷練時實力不足、運氣不好而殞落，還是被設計或陷害而殞落，隨著他的死亡，真相也就不重要了。

「……」親生父親早逝、親生母親嫌棄，這身世，也真是有夠狗血了。

幸好陰星流看起來好像也不在意，不然大概早就長歪、然後性格扭曲，變成「報社型」的危險人物了啊！

「你很……厲害。」想了半天，小玖只想到這麼貧乏的兩個字。

「厲害？」什麼意思？

「稱讚你。」一本正經。

就算因為想不到什麼適合的形容詞而有點囧，一本正經的嚴肅表情，也可以糊弄地掩飾過去。

「謝謝。」同樣一本正經。

莫名其妙把話題聊死的兩人：「……」

四眼對視，無言對無言。

小玖「噗」地笑出來。

「我是端木玖，你好。」這麼一笑，那種面對陌生人的隔閡，突然消散很多，小玖正式自我介紹。

「我是陰星流。」他也跟著說道。

「你真的要跟我一起走？」

「嗯。」他點頭。

「我們分屬不同家族和隊伍，陰家和端木家的隊伍，應該也會對上的吧？」陰星流沒有回答，反問道：「妳想奪冠？」

「嗯。」換她點頭。

「為了獎品？」

「為了更出名。」她糾正。

團體賽的獎品雖然好，但是以她的眼光來看……實在看不上。

要是被這種程度的魂器收買，師父會想把她摁進水裡洗洗腦的。

「出名？」陰星流不解。

她現在，已經很出名了。

雖然因為個人賽結束才三天，所以消息還沒傳得很廣，只是把帝都震一震而已。

但不出十天，全大陸各大小城鎮，都會知道她的名字的。

絕對出名！

「總不能老是讓人說，北叔叔養了一個傻子呀！」她笑咪咪的，眼神卻很認真。

是的，她參賽的目的，除了後來增加的，要讓端木家族看到她的實力，無法對她的事指手畫腳之外，她最初的初衷，就只是為了北叔叔。

不過，在聽了蒼冥說的話後，為了北叔叔，在團體賽結束後，她得把修練放在優先處理的事項上。

「妳不傻。」

「現在才不傻，以前很傻。」就像陰星流不把身世當成一件難以啟齒的事一樣，小玖不介意提自己的「黑歷史」。

陰星流想了想。

「妳很……厲害。」

「……」很熟的台詞，她有種被自己的稱讚糊了一臉的既視感。

「我會幫妳。」陰星流又說道。

小玖一愣。

「妳要奪冠，我幫妳。」

「呃……」小玖才想要說什麼，後面卻突然傳來一聲——

「砰！」

是魂力對撞的聲響。

小玖和陰星流同時閃身到最近的樹幹後，陰星流還移身到稍微靠前的位置，像是把小玖擋在身後。

「呵，原來是你。交出號碼牌，留你全屍！」

◈

小玖第一感想——

攔路搶劫的山賊台詞：天魂大陸版。

「攔路搶劫的山賊？」小狐狸感知到她的想法。

「不對，是比山賊還兇狠。」山賊得到買路財還會考慮一下要不要留人性命，這裡是直接告訴你留「全屍」啊！

全屍，等於死。

沒有全屍，也是死。

不給活路的啊！

「是端木家的隊伍，和陰家的隊伍。」為了避免被發現，陰星流側轉回頭，無聲地說。

小玖點點頭，默默看向距離六、七個樹幹外的樹叢。

魂力交擊後，掀起一陣煙塵，等煙塵落散，就露出兩隊對峙的隊伍。

陰家的隊伍，來自剛才她和陰星流經過的地方。他們剛才還在打一隻八級魔獸，看樣子是順利拿到戰利品了，解除了鎧化，才會走到這裡來。

總共十五個人的隊伍，由陰家嫡系陰星銘走在最前方領隊，後面十四位旁系子弟跟隨。

而另一邊端木家的隊伍，同樣是十五人的小隊，小玖只認識走在最前面的那個人：端木玨。

「陰星銘。」端木玨一眼就認出對方。

「沒想到端木家大小姐竟然還記得我，真是太榮幸了。」陰星銘臉上在笑，但是眼裡一點笑意也沒有。

端木玨沒說話，只是定定看著他。

跟在她身後的隊伍，個個提高警覺。

小玖看向陰星流。

陰星流回她四個字：「搶過魔獸。」

對一個魂師來說，最重要的修練伙伴，就是魔獸。

搶人魔獸，其嚴重性跟把人殺了，也差不多了。

這是奪命的大仇啊！

不管誰搶誰的，都是深仇大恨。

小玖表示：理解。繼續看下去。

「既然大小姐認得我，那我就給妳一個面子，只要妳把號碼牌交出來，我就不為難你們。」以兩人過去的恩怨，陰星銘覺得他給出這個承諾，真是非常「寬宏大量」。

端木玨一句廢話都沒有，直接一句：「要戰便戰！」

交出號碼牌，他在作夢嗎？

「很好！」憋了一口氣的陰星銘，身上魂力光芒一閃，他放出自己的契約魔獸。

魔獸一出現，龐大的身軀幾乎占了陰星銘身後所有的空間，陰家的成員立刻自動退了好幾丈。

同時，一股聖級威壓立刻擴散開來，端木家的隊員們心頭一凜，並且因為突來的壓力而不由自主地同樣後退了好幾丈。

「額頂『王』字的獅王獸！」

「八級聖獸?!」

「他的契約獸，不是八級魔獸嗎?!」

「難道可以換魔獸嗎？」

「……」那不是換，是魔獸死了好嗎？

「莫非，他能契約兩隻魔獸？」難道陰星銘的靈魂力特別高？以前都是在扮豬吃老虎欺騙大家？

「不會吧。有那麼強的靈魂力、這麼高等的契約魔獸，他是怎麼甘願自己的名聲被陰星柔蓋過去的？」

端木家子弟一時議論紛紛。

「難道藏著掖著，就是等現在，當撒手鐧？」

「各位，我們現在該擔心的，是能不能從這隻聖獸嘴下活著離開吧！」那隻獅王獸，正「垂涎」地，盯著他們啊！

「……」對喔！

看到端木家子弟狼狽的模樣，陰家子弟們滿足了。

然而下一刻——

「哼！」從頭到尾不為所動的端木玨冷哼一聲，隨即放出自己的契約獸，「雪鷹。」

周遭氣溫頓時下降好幾度。

隨著一隻比常人更高出十倍以上的白色雪鷹出現，四周的樹木枝葉，甚至在瞬間染上白霜。

聖階威壓籠罩四周，抵散獅王獸的壓迫感。

這次退後的人，換陰家那邊的子弟了，只是退後的距離，沒有端木家子弟來得遠。

單論威壓，雪鷹似乎略遜一籌。

「呵！」陰星銘嗤笑一聲道：「就算妳也有聖獸，不過只是七級；我的獅王，可是八級！」

即使只差一級，那也是難以填補的天塹。

「廢話！」

是不是天塹，打了才知道。

端木玨身上魂師印一閃，三星六角光芒顯現。

得到主人以魂力支援的冰原雪鷹，頓時無視實力差距，「休……」鳴嘯一聲，就俯衝向獅王獸。

「吼……」獅王獸同樣怒吼一聲，就撲向雪鷹。

一鷹一獅，一個天上、一個地上，速度奇快，不停地互相攻擊、衝撞，發出震撼的聲響，戰場瞬間擴大，橫掃四周樹木。

「砰！」

「砰！」

「轟！」

「砰……」

兩方的子弟抵不住聖階的威壓，加上聖獸攻擊力的擴大，紛紛一退再退。

唯二留在原地不動的，只有端木玨和陰星銘。

端木玨透過契約，對雪鷹輸送魂力。

另一邊，陰星銘只淡淡地看著，在因契約而相連的神識裡，對獅王獸下了「殺」的命令。

但是不到一刻鐘，應該占上風的獅王獸卻沒有愈打愈狂猛，反而隨著戰鬥時間拉長，漸漸呈現出體力不支的狀態。

「嗯？」全心支援雪鷹對戰的端木玨首先發現不對勁，看向獅王獸。

獅王獸雖然勇猛，但似乎沒有完全發揮出屬於聖獸該有的強盛和攻擊。

她心念一轉，立刻轉向陰星銘。

陰星銘表情陰沉地看著獅王獸，不發一語。

陰星流一看就明白原因了。

小狐狸同時在小玖的神識裡說道：「那隻鷹有契約主人的魂力支持，那頭笨獅擋不住。」所以會贏的架，打成輸。

「如果那頭獅子單獨對上雪鷹，會贏？」

「單獨對上，會。但如果有契約者的魂力支援，那麼契約者的實力高低，就會影響勝負。」

小玖一聽就懂。

也就是說，獅王獸本來穩贏的場面，因為沒有他家主人的魂力支援，生生變成了敗戰啊！

# 第六十五章 沿路撿人

但是，陰星銘為什麼不支援獅王獸？很恨端木玨的情況下，不是更應該聯合自己的契約魔獸，把端木玨連同雪鷹一起打敗嗎？

小玖正疑惑著，但她馬上就知道原因了……

「獅王，鎧化！」

陰星銘輕喝一聲，身上魂師印光芒亮起，三星六角。

接收到命令，獅王瞬間化為一道流光，竄向陰星銘，陰星銘的外表立刻改變。

原本黑色的髮色，隨著獅王的鎧化而變成橘金色；一身淡金色的戰甲狂嚣張揚，如同獅王獸的毛色；而在他手上拿著的，是配合戰甲的一把大刀。

「六星……天魂師?!」

揉揉眼，沒看錯？

「銘少爺，不是二星天魂師嗎？怎麼變六星了?!」

陰家子弟們：「……」

就算用飛的也不能一下竄四級吧？

不過算了，銘少爺的實力愈好，對他們才愈有利。

他們是高興了，但是另一邊的端木家子弟，個個表情驚異。

端木玨面色平淡，敵人就是敵人，實力的變化，完全不能令她動容，只讓她更謹慎。

陰星銘再喝一聲：「獅王刃！」

「雪鷹，鎧化！」同一時間，端木玨也輕喝一聲。

如雪鷹一般的白色戰甲上身，背上七隻羽翅，輕一揮動，端木玨身形瞬間騰空，避過獅王刃的第一刀。

獅王刃劈在地上，地面猛然一震，「劈劈啪啪」向四周散開來，裂痕過處，樹木均倒，發出「咚……咚……咚咚……」的聲音。

「後退！快後退！」端木家子弟反應很快，立刻再往後跑。

天階魂師、再加上聖階魔獸，動起手波及一大片，他們這些不夠級別的實力扛不住，還是退遠一點，不要影響大小姐動手，才是真幫忙。

另一邊，陰家子弟也是同樣的動作，而且退的距離比端木家子弟還遠。

不過他們不是怕幫倒忙，而是怕被聖獸魂技波及，因為銘少爺一旦打瘋了，可不會顧及他們。

想活命，當然要識相、機伶一點，這可比什麼都重要。

「天寒地凍！」

端木玨手一張，一股冷銳的冰風隨即襲向陰星銘，將他的手腳瞬間凍住。

「喝！」陰星銘魂力一震，身上的冰塊立刻被震碎後，他立刻張嘴：

「吼……」一聲。

震天吼嚎一出，方圓百里都聽見了，四周鳥散飛散奔逃。

緊接著，「砰砰砰砰……」周圍樹木再度倒地無數，原本的樹叢，頓時變成一大片空地。

已經退出十丈的兩隊成員，聽見吼聲後，神智都是一痛，各人依修階高低，反應不一……

「呃！」

「噗……」吐血。

「……」神智懵著，站立不穩。

陰家子弟：「……」他們就知道，可惜還是退得不夠遠，依然被銘少爺無差別攻擊。

幸好他們比端木家的好一點，他們只是有點暈，沒有暈得摔在地上、沒有內傷也沒有吐血。

而躲在一旁看的小玫和陰星流兩人，一個皺了下眉，表示：吵。一個提前封閉聽覺，所以完全不受影響。

但因為這聲獅吼，兩人原來躲的樹幹已經倒了。

幸好在陰星銘鎧化之後，他們不約而同就又連退了十幾棵樹的距離，否則現在恐怕就要被當場逮住了。

這一番連續後退，也讓小玫大概評斷出聖階魂技的威力。

以她最熟的二十一世紀武器作比喻。

地階一招，大概是一顆手榴彈爆炸。

天階一招，大概是十顆手榴彈爆炸。

聖階一招，大概就是百顆手榴彈爆炸。

階與階相差的距離，大概有十倍的威力。

當然，這是一般性的概略值，也有特別厲害和特別弱的。

而且，無論是端木玨或陰星銘，是契約獸達到聖階，但本身的實力只有天階，這樣發出的魂技威力，也比真正的聖階小一點。

端木玨距離陰星銘最近，吼聲又是對著她發出，聽感沒有防備的她，受到的衝擊也最大。

幸好鎧化後，她身體、五感各方面的強度，都比原身高出好幾倍，這才沒有當場出現不敵的氣勢。

身為隊長，她穩，她身後的端木家子弟即使受了傷，才能安心不慌張。

但是她也明白，同級的修階、魔獸一級的差距，久戰不利。

獅吼一擊，壓倒端木玨的氣勢，陰星銘喜形於色。再吼一聲：「吼……」

端木玨及時關閉聽覺，卻見刀光一閃，她迅速變位，刀光再度劈空，落到地面上「砰」地一聲。

隨即，地面不斷發出「劈哩啪啦……」，龜裂的聲音。

「冰天雪雨。」避開刀光，端木玨雙掌發出一陣白光。

從白光裡，疾射出許多如冰雹般的白色光雨，全數射向陰星銘。

陰星銘猛然一躍，身形騰空至與端木玨平行，以迅雷不及掩耳之勢，對著端木玨一劈，「獅王刀！」

陰星銘橫刀劃出十字刀痕，刀痕有如鎮印，疾速罩向端木玨。

端木玨立時飛身抽退，卻慢了一瞬……

「唔！」

十字刀痕破開雪鷹戰甲的防禦，不只端木玨受到衝擊，就連雪鷹也差點維持不住鎧化。

「咻……」

在判斷自己躲不開的瞬間，端木玨側過身，卻用一整條右手臂的刀傷，換避過致命的傷害。

端木玨止下胸口傳來的血腥氣息，以魂力止住整條右手臂的血，迅速反擊。

「雪刃！」

飛禽類魔獸以速度見長，受傷的端木玨不退反進，整個人猶如化成一道白影，掠向陰星銘。

「想得美！」陰星銘一看就知道她在想什麼，手上的獅王刀立刻護在身前，擋下白影。

「鏘！」

端木玨顯出身形，陰星銘立刻刀一揮……

「去死！」

不需要什麼大招什麼講究，劈人就對了！

一擊失敗，即使端木玨立刻要抽身，但是陰星銘的刀更快，在端木玨退開之前，成功削開她身上的鎧甲，在她肩上到胸前，劃下一道刀痕。

「呃……」

鮮血頓時流淌，染紅一片白色鎧甲。

「咻……」

雪鷹低鳴一聲，迅速解開鎧化，背著主人要逃。

「別想！」

趁她傷，當然是要她命！

陰星銘毫不猶豫地追上，聖獸絕技再度揚起，「獅王刀！」

這一刀下去，絕對能將端木玨連同她那隻鷹，砍成四截！

陰星銘嘴角含笑，卻沒想到……

「鏗！」一聲。

刀沒砍到一人一鷹。

但是一個不太熟的人和一把劍，就架住了他的獅王刀。

陰星銘仔細一看。

不認識。

好年輕。

很……可愛……

但是妨礙到他……

「妳是誰？閃開！」敢阻攔他，他就一起殺。

她手一轉，劍身一旋，就格開了獅王刀，在兩人之間拉開三臂的距離。

「憑你，也敢叫我閃開？」她仰著下巴，語氣比他更囂張。

陰星銘氣笑了。

「不敢報出名字，是擔心在本少爺面前丟臉嗎？如果妳現在退開，本少爺可以原諒妳冒犯的罪！」

機會難得，不弄死端木玨太可惜了，其他的，他可以暫時「寬宏大量」一點，當沒看見。

「冒什麼犯？本姑娘還沒嫌棄你長得傷眼呢！」她一臉嫌棄。

「傷、傷眼?!」陰星銘一臉不可思議。

陰家子女，就沒長得醜的，一律男長得帥、女長得美。

而鎧化後，陰星銘一向以自己接近金燦燦顏色的造型為傲，現在竟然被評斷為……傷眼！

因為他的表情，她特地再看他一眼，把他從頭看到腳、從腳又看回頭，最後點了點頭，肯定自己之前的話……

「傷眼。」審美評斷無誤。

「哪裡傷眼?!」他氣。

根本是她不長眼！

「像熟過頭的橘子。」她指著他的髮色，說道。

「熟、熟過頭的橘子?!」陰星銘彷彿被鸚鵡附身，臉上還是一副難以置信的表情。

腦海裡不由自主想到熟透的、軟軟的，橘子皮，可能還有點發黑……噁。

「像仿冒的黃金。」再指著鎧甲。

「仿、仿冒?!」

「粗獷的刀型，一點美感也沒有。」接著是刀。

「這才是男人用的武器！」夠霸夠狂！

「男人的價值，不是在你用的武器上好嗎？而且用這麼一把看起來就粗魯味十足的刀，你到底是有多粗魯？滾泥土出來的嗎？而且刀的顏色，一看就知道是假的金，比鎧甲還假。」她一臉不解，然後還搖搖頭，「這麼醜的造型，你竟然也鎧化得出來，審美觀到底是有多低呀？」

陰星銘：「……」已經氣呆了。

退到四周的眾人：「……」原、原來，八階獅王聖獸長得這麼醜嗎，他們以前怎麼都沒有發現？

……等等等等，他們差點被這說法給帶進溝裡去了。

重點不是美醜，是八階聖獸很有實力、可遇不可求的好嗎？

但是被她這麼一形容，本來看著覺得威風凜凜的獅王聖獸，好像、也不是、那麼、威風啊……

「妳的、又有多美?!」陰星銘簡直咬牙切齒。

她對他，閃亮亮地一笑，「至少比你的美。」

長劍一舉，微微轉動一下，銀色劍身映照出反射的光芒，銀晃晃耀目得簡直要閃瞎人眼。

陰星銘：「……」

對比她銀到會閃人眼的劍，他的刀……一點都不閃亮亮，而且好像、真的有點醜……

「喂！」她突然叫一聲。

「嗯？」他聞聲看向她。

「對戰中，不要發呆呀！」她提醒道。

「嗯。」嗯？

先點了頭，又覺得不對。她，提醒他？

「不過，這也方便我偷襲啦！」她燦然一笑。

「偷……」他一凜。

她一揮劍，已經正中他手腕。

「呃！」他悶哼一聲。

「哐！」獅王刀落地。

「吼……」身體來不及應變，陰星銘張口一吼！音波魂技重施！

「轟……」她再一揮劍，卻是不埋會聲波形成的氣勢，火隨劍勢，直接燒向他。

「吼……啊！」吼到一半變尖叫。

「吼呦……」這是獅王聖獸的痛吼聲。

下一瞬間，獅王獸已經解除了鎧化，整頭獅子在空中跳跳跳，想踩熄牠前腿上的火。

「吼吼……吼吼……」

「回來！退！」眼見狀況不對，陰星銘當機立斷。收到契約獸，然後快速落地，帶著一干子弟，帶頭飛奔離開。

她眨了眨眼。

「這跑得，真是快啊！」

「妳沒用我的火。」他、不、高、興。

「用了你的火，他們一人一獅，就死定了。」

「敵人，本來就該燒死。」他理所當然地道。

「蒼冥，我們要文明一點，不能動不動就放火呀，這樣多像縱火犯？」她收起劍，把肩上的牠抱進懷裡，一邊用神識跟牠交談。

「縱火犯？」

「……專門放火的。」

「……」堂堂魔獸中的魔獸，變成放火的，的確不大符合身分。「但是放敵人逃走還是不好。」會留下後患。

「嗯，當然不好。所以我送了他一點『小禮物』。」

「小禮物？」

「我的劍上，有我的魂力，不知道這樣用出來的威力好不好？就在他身上試驗一下。」等下回見到陰星銘，大概就可以知道結果了。

「嗯……」這還差不多。

她沒有手下留情，他就放心了。

在神識裡交談完，她也從空中落到地面。

趁機復原傷勢的端木珏大致療好傷，收回魔獸後走過來。

跟著她的那些家族子弟，同樣靠過來一點，不過還是保持一點距離，集體眼含崇拜地看著她。

十五歲的少女天才。

十五歲的天階高手。

他們家族的。

太與有榮焉了！

這直白的眼神，小玖真是只有「呵呵」兩個字能形容了。

她能說，其實天魂大陸的魂師們，滿「單純」的嗎？

弱者，就鄙視；強者，就崇拜。

「九妹，謝謝。」端木玨有點生硬地道，但是語氣是真誠的。

「不用客氣，我只是不想四哥傷心。」否則，她不一定會出手。

「妳沒和四弟他們在一起？」端木玨皺眉。

端木玖還沒回答，就聽見「窸窣」一聲。

端木玨立刻警戒，但看見來人，卻是一愣。

她完全沒有發現附近有其他人，他是一直在？還是剛剛才來？而且這個人不是……

「陰星……流？」

「嗯。」陰星流淡淡點了下頭，然後站到端木玖身後。

「你……你們……」端木玨一瞬間想很多，但是實在想不出，他們兩個是怎麼走成一道的？

而且，難道他們兩人，剛才一直在這裡?!

「我是玖小姐的追隨者。」陰星流說道。

對別人來說，她是「九」小姐。

但對他來說，她是「玖」小姐。

端木玨再怎麼冷臉，聽到這一句，也忍不住露出一個驚疑的神情。

「追隨者?!」端木家子弟更是聽呆了。

陰家是他們的死對頭耶！

這追隨者是真的嗎？

等等，小九和陰家……好像算有仇的啊。

這個突然冒出來的追隨者，沒問題嗎？

「走吧。」對不算熟的人，小玖沒有解釋的興致，轉身就要走。

「九妹，不如一起走？」端木玨說道。

小玖回頭，看到她跟四哥有點相似的神情，本來決定冷淡的心，頓時軟了一點點，輕聲回道：「隨妳。」

◈

依著陰星流所指的方向，小玖、陰星流、端木玨，以及所領的十四位家族子弟，連續又走了兩個時辰。

沿路見到的打鬥愈來愈多，其中還救了兩支家族旁系子弟所屬的隊伍，以及與端木玨有點交情的小隊。

小玖也救了幾組隸屬大地、無敵、疾風三個傭兵團的傭兵小隊，還有之前來打過招呼的公孫家、商會的小隊等人。

這一行的隊伍就愈來愈壯大，從十幾個人，一不小心就擴展到現在變成好幾百個人。

小玖沒空感嘆這一切是怎麼發生的，只是愈走愈快，眉頭蹙著。

「小玖？」小狐狸感覺到她有點煩躁的心情。

「我不喜歡這個地方。」她抱怨。

「那就離開這裡。」

「可是還沒和北叔叔、四哥、六哥會合，不能離開。」

小狐狸想拍拍她的肩，不過發現自己的爪子太小了，立刻改動作，蹭她的手兩下。

「沒事的。」他在。

端木玨快走幾步，追上走在最前面的端木玖。

「九妹。」

「嗯？」端木玖看她一眼。

「陰星流，可靠嗎？」即使陰星流就在一邊，端木玨也沒有掩飾的意思，直接就問出來了。

端木玖想了想，很誠懇地說：「比妳可靠。」

端木玨：「……」簡直聊不下去！

端木玨這一瞬間，莫名體會了一把被小玖鬱悶的憋屈。

「九妹，我問認真的。」忍耐。

一向行事成熟穩重又冷靜的端木玨，遇到小玖也快破功。

「我也是認真回答的。」端木玖一臉疑惑。

她是哪裡看起來像開玩笑？

她明明是很認真思考過，然後慎重回答的。

現在這一群人裡，陰星流對她來說，算是最熟的人。

其他無論是不知名的小隊或是同家族的子弟，完全沒印象，也沒說過任何話。

就連端木玨對她來說，也只是「四哥的姐姐」，而已。

除此之外，就是恰恰好同姓，而已。

這堪比陌生人的熟悉度，要怎麼讓人覺得信任、可靠？

明白她的意思，端木玨頓時無語。

「不用太介意呀，我想妳對我的感覺，也是一樣吧？」小玖不在意地一笑，指著自己，「四哥的妹妹。」

對端木玨來說，她身上的標籤，大概也就是這五個字。

至於信任、熟悉度、可靠，那是沒有的。

這才是人之常情。

如果端木玨表現得很信任她，她才會覺得奇怪哩！

就算是四哥，她也不是一開始就很樂意認親的。如果單單只是血緣、沒有真心，這種兄妹關係，她寧願不要。

她這種回答，讓端木玨突然有點明白，為什麼對其他兄弟姐妹一視同仁的傲弟，會對小玖特別以待了。

「妳剛才想說什麼，直接說吧！」

端木玨神情頓了一下。

「妳有沒有發現，我們所救的隊伍中，攻擊的對手，大部分是陰家、歐陽家的子弟？」

原本端木玨並沒有注意，但是一路救了這些隊伍，加上綜合這些隊伍得知的消息，她突然發現，從團體賽一開始，陰家、歐陽家的子弟所組成的隊伍，表現出來的實力就超出他們的預估。

而且一旦出手，都非常兇殘。

除非實力不敵，否則被他們盯上的隊伍，如果不是自動交出號碼牌退賽，就是隊伍全滅。

這已經不是意外或失手可以解釋，而是蓄意的。

「那又如何？」

「妳……」不覺得該提防嗎？

「這樣的比賽傷亡，生死自負。無論是不是有目的、有計畫性的，贏，就有命，輸，就沒命。」從進入神遺山谷，這個準則，就已經建立了。

而除非退賽，否則在比賽中，無論陰家和歐陽家做了什麼，只要不違反比賽規則，誰都不能說他們錯。

有陰謀是挺可怕的。

但是擔心得亂亂猜，只是自己嚇自己。

現在他們既不想退出，也摸不著頭緒，還不如順其自然。

端木玨一聽，眉頭皺了下，但是小玖說的也是實情。

「他們到底想做什麼？為了奪冠嗎？」她看向陰星流。

陰星流看向端木玖，「有目的。不知道。」

「沒關係，只要有目的，總會表現出來的。」小玖不以為意，「如果妳還擔心，待會兒如果再遇到陰家的人，不如抓幾個來問一問。」她說的抓人，好像進餐館點餐一樣輕巧。

端木玨想了一下，也對，就抓人來問。

一行人繼續往前走，經過了兩個小盆地、一座小山丘，走到這裡，四周已經完全看不出任何荒涼的景致，只有愈來愈茂密的陸地、奇石小山，以及不斷在奔動的魔獸聲。

連走了一個多時辰，他們再沒有遇到任何打鬥的隊伍、或是任何魔獸，然而遠遠的，卻傳來「砰！」「轟！」的聲響。

聲音的來源，彷彿來自四面八方，還有迴音響動。

「咚隆！」

除了聲響，上方更有落沙碎石的聲響。

抱著小狐狸，小玖沒有抬頭，卻聽音辨位地移動幾次，完全避開了被小沙石攻擊的命運。

但是其他人就不是這樣了。

「喔！」
「啊！」
「哎喲！」
「好痛！」
被破碎的小沙石砸到，是沒有破皮沒紅腫，但是經過重力加速，再小的東西落下來砸到頭上，還是會痛的。
誰那麼沒公德心亂丟沙石！
幾百個人一起抬頭，瞪視上方。
就見薄薄的雲霧中，偶有幾道黑影露出來。
「砰！」「轟！」「隆！」聲響持續。
「打鬥？」端木玨猜測。
不但砰砰轟轟，還有人影、沙石和……草木樹葉？
「不對，像在砸什麼。」陰星流判斷。
因為沒有吵嚷的人聲，只有砰砰轟轟的砸響聲。
「沒有路可以上去。」小玖的觀察重點不在往上看，而是四周。
從這裡開始，淡淡的雲霧彌漫。
前面的路，依然可以看得出是樹林、山谷、小山丘等等的地形。
後方，剛才走過。
左右，還是山谷、小山丘。
完全沒有往上的路。

但是上方，的確有座石台，石台上，隱隱有光芒流動。
「是這裡？」她問陰星流。
「嗯。」遠遠看起來像在山腰，卻原來是在半空中。
小玖踩了踩地，又看看上方與四周。
景物是真的，不是空間交疊出的幻影。
那就是……
「領域。」小狐狸說道。
「領域？」
「神階以上的魂師，都會有的特殊能力，在一定的範圍內，能即時感知範圍內所有的一切，並且在一定程度上削弱對手的實力；因為是神階以上才有的能力，所以又稱為『神之領域』。」小狐狸解釋。
「這裡有神階?!」不是說天魂大陸上沒有神階的嗎？
「沒有。但是上面可能有神階以上的人或魔獸留下的東西，在這裡留下一些魂力，形成的奇特現象。」
神階以上，魂力會產生符合自身特殊的屬性，因此領域也各有不同、強弱也因人而異。
「這些，以後等妳突破神階，就會知道了。」他現在不解釋太多，以免影響以後小玖的修練。
「嗯。」小玖也不多問，只看了眼上方。「現在，我們是要飛上去嗎？」
「嗯。」

小玖：「……」看著其他人，議論紛紛。

「在上面耶。」

「上面有人。」

「可是沒有路可以上去。」

「笨，我們都是天階，飛上去不就得了。」

「你確定？」仔細看看清楚！

天階是可以飛，但是……這個平台看起來就像浮在半空中，非常高非常高的地方，憑他們一、二級的魂力，沒有飛禽類魔獸幫忙，飛得到嗎？

不要飛到一半掉下來，那就丟人了。

「呃……」目測「辣」麼高，要自己飛上去實在是有點兒……「嗯！我要飛上去。」

隊友懷疑地看著他。

「我輩魂師，就是要迎難而上！就算上不去，頂多就是掉下來，丟一下臉、不會死人；可是要是連這點挑戰的勇氣都沒有，我們怎麼還能變強?!」一臉聖潔的光輝。

「哇~~」隊友崇敬地鼓鼓掌。「你加油，我們在這裡等你。」

「咦?!你們都不要上去嗎？」放他一個?!

隊友拍拍他。

「雖然我輩魂師要有挑戰的勇氣，但也要有自知之明。」明知道上不去的事，就不必多丟臉了。

「加油！我們精神上支持你。」隊友們統統站到一邊去，鼓勵地看著他，等他飛上去。

「……」心虛虛。「我、我合群一點好了。」還是不挑戰了。

「呿～～」

「好吧，不想上去的，就地紮營吧！」

「好主意。」

「我去找吃的。」

「吃肉、喝酒！」

「大家一起來吧！」

傭兵小隊的人一喊，自認上不去的小隊們，紛紛響應了，當下找地方、紮營、起火、烤肉啦。

好幾百人的一行人，當下只有十幾個人要上去，其他人已經各自找事做、找地方坐，然後對這十幾個人揮揮手。

「加油！」雖然不認識，但精神上支持。

「加油！」

「九小姐，妳可以的！」

「大小姐，妳可以的！」

「陰少爺，我看好你，加油！」好歹替男性同胞爭點氣，不能輸女生啊。

小玖先是目瞪口呆，接著就默默無言了。

「現在是比賽中吧！」就這麼紮營、開篝火大會，可以嗎？

「我們志在參加，不在得獎。」傭兵小隊們多豁達呀！其實，就算沒得名，他們這一趟進來得到的獵物，也比平常做任務多，很划算啊！

小玖肅然起敬。

不追慕名利、快意人生，傭兵們雖然實力不高，但是心性卻很好。

「我們上去吧！」端木玨喚出雪鷹，示意端木玖上鷹背。

「不用，我自己可以。」小玖手一伸，一把長劍就出現在她手上；小玖一甩長劍，同時旋身騰空，足尖就落在長劍上，騰飛而上。

「哇……」一干人等驚呆了，看呆了。

九九九、小姐，好美！

劍劍、還能這麼用？

長、長知識了啊！

武師們不約而同心想：這招好啊！要練練看！

陰星流隨即躍身跟上，兩人一前一後，縱身入薄霧裡。

「雪鷹，起！」端木玨隨即緊跟而上，然而一進薄霧裡，他們就感覺到一陣重力壓身。

小玖的劍有一瞬間的遲滯，但穩住了。

陰星流的身形因為壓力，猛然下降了一點點，小玖心念一動，一柄飛劍出現在他腳下，讓他借力使力，直接往上一縱，跨上石台的同一時間，悄然換了披風，隱藏了身形。

小玖隨即跟上，縱身跨上石台時，飛劍同時隱沒。

隨後而來的，是端木玨。

雪鷹奮力一飛，將一小隊十五人全部載上來，然後身形化為一道流光，回到端木玨的契約空間裡。

他們剛站穩，只聽見「砰」一聲，前方發出打鬥後的閃光，掀起一陣煙塵後，又飛散。

再一看……石台上滿滿都是人。

而他們一上來，也成為其他人注目的焦點。

小玖第一眼看到的，不是人，而是有點相似的、一眼抬高望不見屋頂在哪裡的——大宮殿。

她和小狐狸對視了一眼。

「小玖！」

# 第六十六章　驚現神階！

一陣風襲來！

小玖抱著小狐狸，被來人抱住。

「沒事嗎？」緊緊抱了妹妹一下後，端木風立刻問道。

「沒事。」小玖也立刻搖頭。

慢了一步的端木傲一來，同樣抱了才剛被放開的小玖一下。

再接著換北御前，摸摸她的頭。

「北叔叔、四哥、六哥，我找到你們了。」她一臉乖巧。

三個男人同時一陣沉默。

他們三個一路，有敢對他們下手的，統統被打趴。

小玖只有一個人，這一路……

「來的路上安全嗎？有沒有人攻擊妳？」北御前很平和地問。

事實上內心表情是：敢襲擊小玖的，之後一個個算帳——暗暗的，不用小玖知道！

兩兄弟的內心想法：基本同上。等著記黑名單。

「……」這想法實在太明顯了，不只端木玖秒懂，就連端木玨也看出來了，還忍不住多看了端木傲好幾眼。

她的四弟是這種哥哥？

「沒有。」小玖趕緊搖頭。

不小心被送到另一個山峰那裡，用迷路帶過，然後遇到陰星流、救了端木玨，到現在，下面一堆開篝火會的小隊們……

小玖用幾句話簡單說完。

不過關於陰星柔的狀況，她是小小聲告訴北叔叔的。

北御前一聽，冷笑一聲，「沒想到這裡也有人用這種手段。」

「也？」北叔叔以前也遇到過這樣的情況？

「別擔心。」他拍拍小玖。

「北叔叔，聽說陰星柔是陰家主最喜愛的女兒，那為什麼會讓她變成這樣？」小玖不解。

「陰月華子女眾多，有用、聽話的，才是她的子女。失敗的、不聽話的，自然廢物利用。」北御前回道。

陰星柔在個人賽上輸給小玖，又讓陰家失了面子，對陰月華來說，這個女兒等於廢物。

而提高她的實力，讓她在這場團體裡一陣衝殺，正好幫陰家多得一點號碼牌、也多消滅一點對手。

至於陰星柔的生死，她並不在意。

做為一個母親，陰月華是很可怕、很嚴厲的。

所謂人倫，在她眼裡根本不存在，她心裡只有自己，以及權勢。

「姐姐。」端木傲看向端木玨，眼神關心。

「我沒事。」端木玨點了下頭，就看見後面走來的端木家子弟，「二弟，你也到了。」

「大姐。」端木修看著她，確定她沒事、小隊其他人也都安然無恙，這才放心。

「你們來很久了？這裡是怎麼回事？」

端木玨才問完，就有一個少年默默潛奔到端木玖旁邊——不過被北御前擋住了。

後面有人簡直看不下去，默默拎住某少年的領子，「阿昊，回來。」

「不要。」

「你會嚇到人。」

「她不膽小。」

「不……就是不膽小你也不能這樣撲過去，太沒禮貌了。」帶著一個不受控的單細胞竹馬，他簡直無時不操心。

「我靜靜的。」沒有不禮貌。

「靜、靜靜的也不行！」簡直要拉不住人。

「我要在這裡。」釘住，不給拉動。

「……」他可以打昏阿昊、直接拖走嗎？

「那個……」小玖語氣遲疑的。

拉與被拉的兩人，同時轉向她。

「拉不走，可以抱走的。不想被拉走，可以先踹人走的。」小玖很誠懇地，兩邊都給建議。

拉與被拉的兩人：「……」好有道理。

「喂喂，你們兩個不要『自相殘殺』啊。」是吵到智商變低了嗎？這兩人的想法都寫在臉上了，直白到簡直教人啼笑皆非。

拉人的先笑出來。

「輕鬆一下呀！」然後打招呼：「九小姐，又見面了。」

「九小姐，又見面了。」被拉的，直接把問候語重複一遍。

「九小姐。」好不想跟兩個智商低的站在一起。

「九小姐。」嚴肅。

小玖對他們點點頭，「姬雲飛、石昊、公孫憬、雷鈞，對吧？」

「對。（沒錯。）」

「你們怎麼都在這裡？」小玖抬頭看去。

這裡聚集的人，比在底下做篝火大會的人更多；做為帶隊的人，多半都是現在帝都裡闖出名聲的人。

而且很明顯的，聚在石台上的人，大致分為兩邊。

一邊，以公孫家、商會、端木家為主；另一邊，是以陰家、歐陽家為主。兩邊各有支持的傭兵隊與散修隊伍。

兩方人不但各自一邊，而且集中大宮殿的門口。

大門宮殿口，是緊閉的，門上還有不少……雜亂的痕跡。

小玖邊跟著北叔叔往前走，一邊小小聲地說：「北叔叔，你們兩邊該不會是輪流砸門，誰把門砸開了，誰先進去吧？」

砸、砸門？

好吧，也的確是。

「是轟門。哪一邊先把門轟開了，哪邊的人就先進去。」但是還是要糾正。「先進去的人，自然更有機會得到宮殿的東西。」

小玖默默點頭，表示明白。

可想而知，這兩方代表的勢力，從團體賽更改規則時，就徹底對上；現在在這裡遇上，更不可能有什麼和平共存、禮讓對方的想法。

沒有先打起來，已經算是大家很有理智、智商在線了。

「那這個門裡面，是什麼？」

北御前的目光，直接轉向那群少年。

他對這裡不了解，但是姬雲飛、石昊、雷鈞、公孫憬和端木修等人研究了一下。

綜合各家記載，他們共同認定——

「這座宮殿，應該說是一座神殿，是上古時代遺留至今，某位超越神階以上的人，留下的潛修地。」

「換言之，就是裡頭有可能留有魂器、修練方法、寶藏等等非常有價值的東西。」小玖直接翻譯。

「沒錯。」姬雲飛好感動。

跟九小姐說話，實在太省心了，都不用多解釋耶，省好多力氣。

哪像阿昊……唉。

走到宮殿門前，小玖靠近一點看。

以大小來看，兩座都很巨大。他們站在宮殿前，就是一群小矮人進巨人國的對比。

但宮殿建築的顏色卻不同。

這座不是紅火火的顏色，而是——金閃閃的。

雖然乍看之下宮殿的外觀建築很相似，但這一座卻多了許多雕花、許多裝飾，殿柱顏色深淺也有變化，明顯比較華麗。

「妳看這麼久，有看出什麼嗎？」陰家那邊有人挑釁地問道。

小玖回頭看了一眼，表情有點驚訝。

「咦，是你?!你竟然在這裡呀！」原來陰星銘跑掉之後，就是跑來這裡。挺能跑的嘛！

陰星銘瞇起眼，瞪著她驚訝的表情，「我在這裡，不行嗎？」

「當然可以。」小玖一臉純善地笑，「你嗓門大，你有理嘛。」

「噗。」姬雲飛噗笑一聲。

「……」石昊迅速記錄。

「九小姐，這句話有什麼道理嗎？」公孫憬虛心求問。

「他的吼聲，」小玖指著那邊的陰家男，「吼得地裂了、樹倒了、人暈了，只剩下他一個人的聲音，沒人可以抗議，當然他說什麼都有理囉。」順便把之前相遇的情形簡單說了下。

端木修和端木傲聽完，表情同時沉了沉。

想比、魔、獸、等、級、是、吧？很好，沒關係，絕對有機會。

「那我們只能聽他的嗎？」姬雲飛接著問。

「如果你不想聽，最簡單有兩個方法。」

「求解。」姬雲飛立刻說道。

「第一，你的嗓門比他大，吼贏他。」

這有點難。

獅吼聲，真的是嗓門挺無敵的啊！

「第二，讓他閉嘴。」

「你才閉嘴！」陰星銘一吼。

小玖手一舉，飛劍凌空染火，直指他面前。

陰家那邊的人，赫然後退一步，然後才看清楚，是飛劍上附著火焰，根本、不用那麼害怕。

「小聲一點。」小玖很溫柔地說：「雖然你嗓門大，可是太吵了，我不想聽，懂？」

飛劍上火焰炎炎，很明確在提醒他。

他再吵，她不介意再燒一次，他家的獅子毛長出來了嗎？

「……」陰星銘詭異地竟然懂意思了，也真的閉嘴了。

小玖滿意地放下手，飛劍同時消失。

「哇！」

這邊的人簡直要拍拍手，對著端木玖一臉崇拜。

他們早就想叫那邊的人閉嘴了，可惜叫不動；九小姐這一招，真是立竿見影，太有效了！

果然，說再多話都不及實力打臉來得給力啊！

「端木玖，妳不覺得自己太囂張了嗎？」歐陽明寬陰沉著語氣問道。

「那是因為，面對一個只會囂張的人，我只好比他更囂張了。」小玖覺得，自己也很無奈呀。

「誰只會囂張?!」陰星銘是有實力的。

「手下敗將，怎麼好意思在我面前吼那麼大聲？他吼得再大聲，還是我的手下敗將呀！就像你，也是我的手下敗將呀！對了，難怪你們兩個湊在一起，你還替他打抱不平。同病相憐嘛！」小玖一擊拳，一臉恍然大悟樣。

「噗……」哈哈哈哈。

不行，好難忍……

姬雲飛簡直笑得站不穩要趴在石昊身上，石昊努力奮筆疾書……

公孫憬和端木珏、端木修等人，是很客氣地別過頭去，偷笑。

「端木珏，端木家的人，只會逞口舌之能嗎？」眼見弟弟被擠兌得啞口無言，歐陽明雅立刻開口。

「總比連話都說不好的人來得好。」端木珏說話，和端木傲一樣，有多短就說多短。

「妳有資格說這句話嗎？」歐陽明雅冷哼一聲：「別忘了妳敗在誰手上，要不是妳運氣好，現在哪有機會站在這裡？」

「運氣好，妳羨慕嗎？」端木玨半點不動怒。「妳也只有羨慕的分。」

「呵！好笑，我有什麼好羨慕的……」

小玖悄悄移近四哥一點點。

「四哥，她們兩個……」一碰面，好「激情」啊！

「天賦相當、年紀相當、修階相當，她敗給姐姐的次數，多了一點。」這很足夠小玖腦補出一齣大戲了。

「一山不容二虎。」小玖很理解地點點頭。

「別拿我和她比較。」端木玨突然轉回頭來說了一句：「我的格調沒那麼低。」

小玖立刻改詞：「優秀的人，總是會被別人羨慕嫉妒恨。」

「直白一點，有沒有？」

小玖立刻送她一句：「天生我材難自棄，凡人們，跪拜吧！」她一說完，好幾個人腰閃了一下。

端木玨卻點點頭，這還差不多。

面對歐陽明雅，就要有這種氣勢。

眾人：「……」沒想到四哥的姐姐（端木玨），是這樣的姐姐（端木玨）。

有點、可愛呀！

「喂！」歐陽家的隊伍裡，突然有人出手一揮，他們面前的土地「轟」了一聲。

所有的唇槍舌劍暫停，北叔叔將小玖拉到身邊來。

「歐陽明峰，七級天魂師，歐陽家五少爺。」姬雲飛低聲說道。

小玖對他點了下頭，知道這是特地說給她聽的。

這裡的人之中，大概只有她最「孤陋寡聞」了，大部分的人都不認識。趁著這次，她從姬雲飛口中，記下了幾個主要的家族子弟，以及陰家嫡系排行第二的陰星全，他是這次來的陰家子弟中，身分最高的人。

「你們囉哩囉嗦的，是不想進去了嗎？」歐陽明峰再度質問。

「這不是配合你們嗎？」姬雲飛笑咪咪地回道。

一開始，可是陰星銘先挑釁的，他們只能奉陪，現在挑釁不成反被奚落，就變成惡人先告狀了嗎？

「廢話少說，你們要不要開？」歐陽明峰直指重點，免得東拉西扯，落得和陰星銘、四姐一樣，不但丟面子，連裡子都岌岌可危。

「當然要。」姬雲飛回一聲，轉向北御前，「北大人，請。」

在同一時刻裡，抵達神殿的人數很多。

分出兩邊人後，雙方議定，一方一次機會，雙方輪流。

而每一次，以隊伍為單位，順序各方自己決定。

他們這一邊，正好輪到北御前和端木風、端木傲，現在多了端木玖了。四人走向前。

「北叔叔，你們都砸過大門了嗎？」小玖小小聲地問。

姬雲飛等人：「……」他們都聽到了，差點想群呼抗議。

砸門？他們這麼優雅這麼斯文是會做這麼粗魯的事的人嗎?!

但是一看亮閃閃的大門上，灰撲撲的好幾個印子……

好吧，非常時候，他們也是會做一點粗魯的事的。

但是一般來說，他們還是很優雅、很斯文的，跟「粗魯」兩個字沒什麼親戚關係的。

「嗯，」北御前點點頭，「天魂技，似乎沒用。」

「那，讓我試一下好嗎？」

北御前只考慮了一秒鐘，就點頭了，「好。」

反正砸不開，讓小玖玩一下也可以。

「玩玩就好，不用太在意。」端木風也是一樣的想法。

「注意安全。門會反彈攻擊。」端木傲提醒道。

「我知道了。」小玖向前，他們三個，則向後退一步。

姬雲飛看了，有點吃驚，「他們，就這麼打算讓九小姐『玩』？」這門有多堅固多難打，他們剛才可已經有體會過了。

「反正也沒有別的好方法，就讓九小姐『玩』一下，就當是場中休息了。」公孫憬說道。

「場中休息。」石昊贊成。

「場中休息。」雷鈞也沒有意見。

端木修與端木玨，就更不會有意見了；端木修還在細問，端木玨和陰星銘比鬥的細節。

陰家、歐陽家的人，卻是嗤嗤哼哼。

「就憑她，也想打開神殿？」陰星銘嗤一聲。

「有點本事，就自以為了不起了。」歐陽明雅哼聲道。

「不過是個人賽冠軍，算什麼有本事？我們這些人，哪個不是天階？」陰家嫡系排行第二的陰星全說完，看了陰星銘一眼。

敗給一個才十五歲的武師，真夠丟陰家的臉。

陰星銘對著哪一個同輩都敢囂張，唯獨面對陰星全不敢，只能低著頭，無話可說。

「要是她打開了呢？」歐陽明峰突然問道。

「那事情就很簡單了，不用我教吧？」陰星全回道。

的確，不用。

就在眾人的注視下，小玖踏到神殿門前，右手平伸，飛劍顯形。

她身影倏動！

「咻！咻！咻！」

三劍一揮，快得來不及看清，小玖已然落回原地。

「小狐狸，踹吧！」話聲一落，就見一道紅影倏然一閃！

神殿大門立刻傳來一聲——

「碰！」

紅影閃回小玖肩上，還舉高前爪，吹了口氣。

雖然那一踹不費吹灰之力，但是沾了一點門上的灰塵，吹掉。

眾人這才發現，那三刻，在神殿門口前，劃出一個「ㄇ」字形，約成人高。

而紅光那一閃，「ㄇ」形下的石門，就被踹飛！

神殿大門的確沒有開。

但是，被踹出一個大洞！

姬雲飛、歐陽明峰，同時反應——

「快衝進去！」

兩方人同時往前衝。

小玖回身，不著痕跡地擋了下姬雲飛他們的路，讓陰家與歐陽家那邊的人先進去。

隨即……

「啊……啊……」

「快退後！閃開！」

「噗……噗……噗……」什麼東西被刺中的聲音。

「呃啊……」

被擋了一步的姬雲飛眾人，瞬間停步，還看了小玖一眼。

就見她抱著小狐狸站在北御前身邊，一臉乖巧柔弱的樣子，完全沒有剛才叫踹門的氣勢。

在場沒有笨人，察覺到自己被阻了步的人，這時也猜到，為什麼她要刻意阻那一步了。

真是……阻得好！

等裡頭的慘叫聲變少了，他們才慢慢進去。

「北叔叔，你留在外面，以防萬一。」等大家都依次進去了，端木風才說道。神殿，未知的機遇與危險並存，留一個後路，總是好的。

「好，小心。」北御前神情微一停頓，就同意了。

「嗯。」端木風與端木傲，帶著端木玖就跟在端木玨等人身後，跨進神殿大門。

一進神殿。

相似的大小，不同的花樣，不愧像是巨人的神殿，他們幾百個人進來，神殿內也不覺得擠。

小玖沒有隨意向前，反而打量著殿內。

除了一群躺在地上，還哀哀叫個不停的人之外，第一眼看到的，是被小狐狸踹進來的「門塊」。

那個門塊，就在殿內的王座前階下。

王座上，同樣空蕩蕩，十個小玖也坐不滿。

而王座上，最顯眼的不是王座，而是王座旁，一只立起來足有兩人高的權杖。其形皎皎，皚皚含光。

一看，就不是凡器。

陰家的人立刻要衝向前，歐陽家的人先擋一步。

「剛才進殿，你們搶先一步，現在神殿內，該由我們先來。」

「是我們先來才對吧！」姬雲飛雙手環胸，質問道。此刻他完全沒有說笑的表情，只有眼神冷冷看著他們：「依照約定，誰先打開門、由誰進，你們剛才違背了約定，現在還不讓開?!」

「寶物，誰搶到就是誰的，其他的，不必再多說！」說罷，陰星全先衝！

「休想！」早就預防有人偷跑的公孫憬及時攔下他，兩人隨即打了起來。

陰家眾子弟瞬間同一動作——

「鎧化！」

衝向王座。

石昊第一時間衝向前，一掌揮落。

「砰！」陰家眾人一頓。

商會的人隨即接上，擋下了陰家的人。

端木家與幾個傭兵隊，同樣擋下了歐陽家的人，整個神殿內部，頓時亂成一團，各種魂技、武技此起彼落。

小玖與端木風、端木傲，瞬間越過眾人的亂鬥區，來到王座前階，就在他們踏上階梯時，一股深沉的壓力瞬間迎面而來。

三人同時後退一步，壓力同時消失。

三人對看一眼，再次踏上前階，逼人的壓力再度襲面而來；他們硬是頂住，再踏上一階。

壓力瞬間倍增。

再向前一階，壓力再度倍增。

小玖低喚一聲：「蒼冥……」

小狐狸會意，紅影一閃，他已經站在權杖上。

「住手！」趁公孫憬被歐陽明峰引開，陰星全正好看見這幕，立即大喝一聲，一記魂技同時發了出去，撲身向前。

停在階梯的三兄妹被壓力壓制得難以動彈，無法躲開，小狐狸見狀，立刻回身。

「砰！」在小狐狸擋招之前，有人早一步擋下，並且因此顯現了身形。

「陰星流，竟然是你！」陰星全簡直不敢相信。「你背叛了家主、背叛了母親?!」

陰星流不發一語，雖然勉強站著，但是從個人賽之前直到現在所累積出的傷，已經讓他沒有多少反擊的力氣。

小狐狸回到端木玖肩上，三兄妹順勢擺脫壓力，踏下階梯。

「你先離開。」小玖說道。

陰星流搖頭。

「如果你真的要跟隨我，就留著命，等離開山谷後，再來找我。」

陰星流倏然看向她，「妳同意了?!」

「嗯。」她點頭。「前提是，你現在離開，到仲大叔的家等我。」

「好。」他輕應一聲，「我會一直等著妳。」披風一揮，他的身形瞬間隱沒，無聲離開。

小玖這才鬆口氣。

就在這一刻，陰星全撲向王座前階。

「不能讓他拿到！」小狐狸急喊。

小玖心隨意動，持劍揮向前。

踏上王座前階，同樣被壓力壓制的陰星全，也同樣避不開外在的攻擊。

只是他沒有魔獸能擋，背部被長長劃出一道傷口。

「呃！」陰星全悶哼一聲，血光瞬間灑落。

但是他卻借勢向前，手，已經握到權杖……

「母親，現身！」

用盡力氣，陰星全將權杖拋向神殿上方。

眾人跟著一看，才發現神殿上方……沒有屋頂，是一層層雲和天。

權杖上空，在光線的照襯下，瞬間映出一道光芒。

「叮鈴」一聲。

一聲輕鈴的響聲，一隻纖細的手，平空而來，握住在空中旋轉的權杖。

再「叮鈴」一聲。

纖手的主人現身，絲衣飄飄、凌直而立。

低頭，她俯眼而視。

陰家弟子，重傷過半，而她委以重任的兒子，倒趴在王座前階，後背上血流滿身。

她的視線，瞬間落到握著劍的小玖身上。

她的眼，微瞇了瞇。

陌生的面龐，卻是熟悉的眉眼。

多像……那個男人！

「妳，放肆！」

雄渾的壓迫感，鋪天蓋地而來，直衝端木玖。

端木玖毫無懼色，周身劍影竄動。

「哼！」

再一陣壓迫，如同尖錐般直刺而出，端木玖只覺腦海一痛！

領域！

「唔……」她臉色一白，忍不住痛唔一聲，冷汗潺潺而下。

「小玖！」端木傲、端木風兩人同時動作。

端木傲扶住小玖，快速往門口衝出，端木風則身化如風，襲向空中的女人。

「呵！不自量力。」

她衣袖一揮，端木風被掃向一邊；再凌空一掌，擊中端木傲。

「呃……」端木傲氣血一吐，卻沒有停下速度，帶著小玖繼續掠向門口。

還差一點點。

「哼！」哪容她逃！

姬雲飛、石昊、公孫憬、雷鈞見狀，同時朝上空發出一擊。

「轟……」

「不自量力。」她手一揚，四招魂技瞬間瓦解，然後反擊立刻來到。

「呃！」四人同時悶哼一聲，後退好幾步，一臉不可置信。

他們竟然……無法避開?!

同一時間，她手一反壓，一股氣勢向下壓迫，迫得所有人幾乎撲身在地，傷重的人更是當場再吐血，完全無法動彈。

而這股氣勢卻不止於此，而是繼續向外擴張，連在殿門外的人，都感覺到壓迫。

「這是……」姬雲飛的表情，第一次那麼凝重。

「神階。」公孫憬看著上方的女人，神色同樣凝重。

就這一招之差，端木傲帶著小玖已經飛到門口，跨出門外。

「端木玖！」女人輕斥一聲，身影一閃，瞬移到殿門外，對著端木玖，含怒地揮出一道氣勁。

小玖已經回過神，反扶著重傷的四哥，護身飛劍盡擋身前。一定要保住四哥！

同一時間，另一股氣勁，卻由後方強勢而來。兩道氣勁相撞，「轟」然一聲，致命的壓迫感頓時消散。

而一道熟悉的身影已擋在小玖面前。

他手中長槍一拄地，那股威發的領域之力，當場被擋了回去——

「在我面前欺負小玖，妳，當我是死的？」

（待續）

# 作者的話

大家久等了！

當銀姑娘以龜速的進度，終於爬出《末等魂師6》這個坑時，才突然發現，竟然、已經、十二月啦！

怎麼那麼快！

總覺得，喊一句「二〇一八新年快樂」的時候，還在幾天前，怎麼現在就年底啦?!

難道，時間都被銀姑娘卡稿拖稿寫稿給吃掉了？嗯，前面兩個占大多數的時間，沒毛病。（喂！）

重點是，我在年底之前，寫完《末等魂師》第六集啦！

呵呵，呵……的傻樂呵兩個可以，第三個呵不出來呀。

年底了，銀姑娘反省了下……

首先，年初定的工作計畫，根、本、沒、完、成。

所以，挑戰目標，失敗。

唯一的安慰獎，大概就是——今年，銀姑娘比去年多寫了一本稿喔～～（喂！這也不算勤勞！）

那明年要不要再訂目標計畫呢？

那是一定要的啊！

編編可能會覺得，有訂計畫都拖成這樣，沒訂計畫還得了？豈不是拖更久?!

這個……連兩、三年都處於拖稿狀態的銀姑娘，沒話反駁。（反省）

所以，計畫要訂。

這也是夢想呀。

要保持追夢的心態——（？）

然後，今年很開心的是，想了很多年的「出走」計畫，終於也成行啦！

走了不同的街道、看了不同的風景、感受不同的文化，然後，不小心也迷路了一下。

不管順不順利、開不開心，都是很好的體驗、很難忘的記憶。

回來後最大的兩個感想就是：

一，想再出走一次。

二，荷包好空虛呀……（哈哈哈）

二〇一八年，最感謝的是，很多朋友都一直在！還有很多新朋友來到銀姑娘的粉絲團，一起聊天，看銀姑娘發了什麼動態、打氣和催稿銀姑娘~~（汗＋心虛＋開心！）

很謝謝大家喜歡銀姑娘的作品，以後，銀姑娘也會繼續努力填坑的！

玖玖第六集，已經來到第一部的故事尾了，不出意外，明年，《末等魂師》的

第一部就會完結啦！
請大家要期待喔。（笑）
最後，祝大家新年快樂。
希望所有人健健康康，平安如意。
有空多多來到銀姑娘粉絲團喲！（招手）
順便繼續支持銀姑娘的作品，我們下一集再見。^_^

二〇一八年十二月
銀千羽

國家圖書館出版品預行編目資料

末等魂師⑥：披荊斬棘向前走 / 銀千羽 著.--
初版.--臺北市：平裝本. 2019.02 面；公
分(平裝本叢書；第477種)(銀千羽作品)

ISBN 978-986-96903-2-4（平裝）

857.7 107023333

平裝本叢書第477種
銀千羽作品

# 末等魂師

## ⑥披荊斬棘向前走

作　　者—銀千羽
發 行 人—平雲
出版發行—平裝本出版有限公司
台北市敦化北路120巷50號
電話◎02-27168888
郵撥帳號◎18999606號
皇冠出版社（香港）有限公司
香港銅鑼灣道180號百樂商業中心
19字樓1903室
電話◎2529-1778　傳真◎2527-0904
總 編 輯—許婷婷
責任編輯—張懿祥
美術設計—嚴昱琳
著作完成日期—2018年12月
初版一刷日期—2019年2月
初版二刷日期—2022年3月
法律顧問—王惠光律師

讀者服務傳真專線◎02-27150507
電腦編號◎560006
ISBN◎978-986-96903-2-4
Printed in Taiwan
本書定價◎新台幣220元/港幣73元